성장도 복리가 됩니다

성장도 복리가 됩니다

'특이한' 체육 교사의 독서와 글을 쓰는 삶

초 판 1쇄 2024년 10월 17일

지은이 이강준
펴낸이 류종렬

펴낸곳 미다스북스
본부장 임종익
편집장 이다경, 김가영
디자인 임인영, 윤가희
책임진행 김요섭, 이예나, 안채원, 김은진, 장민주

등록 2001년 3월 21일 제2001-000040호
주소 서울시 마포구 양화로 133 서교타워 711호
전화 02) 322-7802~3
팩스 02) 6007-1845
블로그 http://blog.naver.com/midasbooks
전자주소 midasbooks@hanmail.net
페이스북 https://www.facebook.com/midasbooks425
인스타그램 https://www.instagram.com/midasbooks

© 이강준, 미다스북스 2024, *Printed in Korea*.

ISBN 979-11-6910-846-1 03810

값 18,000원

미다스북스는 다음세대에게 필요한 지혜와 교양을 생각합니다.

성장도 복리가 됩니다

'특이한' 체육 교사의 독서와 글을 쓰는 삶

이강준 지음

미다스북스

할머니, 어머니, 아버지,
다영이, 강인이
사랑합니다.

저의 인생은 '어머니의 죽음' 전후로 나뉩니다. 흑과 백처럼 극명하게 갈립니다.

20대 초반까지 철없이 방황하는 삶을 살았습니다. '쟤 나중에 어쩌려고 저렇게 사냐.'는 생각이 들 정도로 '답 없는' 인생을 보냈습니다.

그런데 2017년 5월, 어머니가 돌아가셨습니다. 중환자실 침대에서 '어이없게' 떠나셨습니다. 대학 병원의 실수로 죽음을 하루 더 일찍 맞이했습니다. 아직 어머니를 떠나보낼 준비가 되지 않았는데 말이죠. 다급하게 '삐一' 소리와 함께 '엄마, 그동안 말썽 부려서 미안해', '그동안 고마웠어', '아빠 말 잘 들을게', '사랑해'라는 말을 들려줬습니다. 어머니가 귀에 잘 담아 갈 수 있게, 거기 가서 꺼내 들을 수 있도록, 가까이

붙어 마지막 인사말을 했습니다.

어머니의 죽음은 인생의 터닝 포인트가 됐습니다. '답 없는' 인생에서 '답 있는' 인생으로 전환이 일어났습니다. 체육 교사가 되었고, 독서와 글쓰기를 통해 복리로 성장하는 삶을 살고 있습니다. 글자들로 단단한 '나'를 만들고, 탄탄한 '미래'를 구축하고 있습니다. 이런 이야기를 책에 담았습니다.

1장은, 방황하는 축구선수에서 '특이한' 체육 교사가 된 이야기를 합니다. 그리고 독서의 길로 빠지는 체육 교사를 볼 수 있습니다.

2장에서는, 책을 레버리지하여 복리로 성장하는 '특이한' 체육 교사를 만나게 됩니다. 어떤 마인드로, 어떻게 읽는지 등을 이야기합니다. 또한 '인생책' 열 권을 소개합니다.

마지막 3장에서는, 글쓰기로 윤택한 노후를 준비하는 작가 체육 교사를 보게 됩니다. '복리성장연금'에 매일 투자하면 어떤 혜택이 있는지도 담았습니다. 이 외에도 다양한 '글쓰기 이야기'가 기다리고 있습니다.

제가 좋아하는 '나만의 문장'이 있습니다.

'나와 당신이 어제보다 복리로 성장한 오늘이길 바란다.'

이 책을 통해 여러분이 성장에 성장을 거듭했으면 합니다.

성장도 복리가 됩니다.

3 장

매일매일 꾸준함의 기적, 복리 글쓰기

"모욕적인 말들을 들으면서 이런 생각이 들더라고요.
'아, 그때 해 줬던 걱정들이 거짓말이었구나. 저게 본심이구나.'
그러고 나서 이렇게 결심했습니다.
'미친놈이 되자. 또라이가 되자.'"

- 본문 중에서

1장

우여곡절 끝에
탄생한 '특이한' 체육 교사

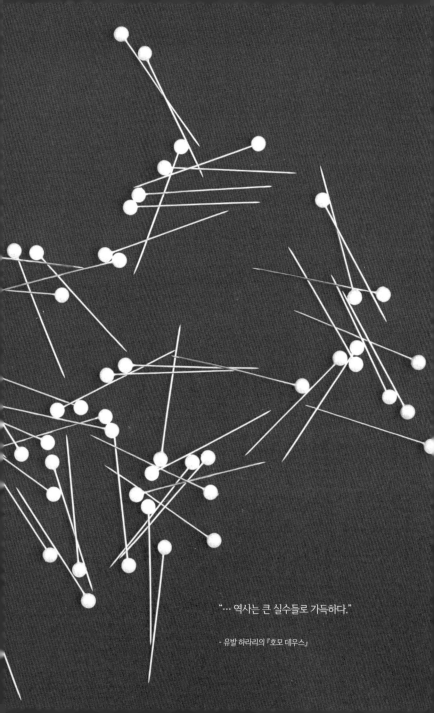

"... 역사는 큰 실수들로 가득하다."

- 유발 하라리의 『호모 데우스』

통제 불능 꼬맹이의 방황하는 10대

"아빠, 저 축구선수 하고 싶어요"

저는 **'통제 불능 꼬맹이'**였습니다. 장난이 짓궂고, 고집도 세고, 목소리도 우렁찼습니다. 하고 싶은 대로 하려는 의지가 강했습니다.

다섯 살인가 여섯 살 때 이런 일이 있었습니다. 동네 미용실에서 이발했는데 마음에 안 든다고 울면서 소리를 질렀습니다. 그때는 할 줄 아는 욕이 **'돼지 똥꾸멍!'**밖에 없었습니다. 그래서 계속 "돼지 똥꾸멍!" 거리며 미용사분에게 머리에 대한 불만을 퍼부었습니다.

이런 일도 있었는데요. 두 살 터울 여동생이 있습니다. 여동생을 괴롭히는 뚱뚱한 남자애가 있었습니다. 그 남자애는 동생과 같은 학원의 학생이었습니다. 어느 날 여동생이 "오

성장도 복리가 됩니다

빠, 쟤가 나를 괴롭혀."라고 하더군요. 그 말을 듣는 순간 주체할 수 없는 분노가 치솟았습니다. 그래서 학원 근처 놀이터에서 그 남자애를 혼꾸멍냈던 일이 있었습니다. 그때도 제 나이가 다섯 살인가 여섯 살 때였습니다.

이렇게 통제 불가능한 꼬맹이, 개구쟁이, 사고뭉치가 2002년을 맞았습니다. 초등학교 2학년이었는데요. 그때 제 눈에 대규모 '붉은' 축제가 들어왔습니다. **'2002 한 · 일 월드컵'**입니다. 선수들이 시합하는 모습을 보면서 이런 생각을 했습니다.

'왜 계속 공을 뺏기지?'
'그냥 공을 뻥! 차면 골을 넣을 수 있을 것 같은데.'
'내가 더 잘할 거 같은데?'

그래서 아버지에게 말했습니다.

"아빠, 저 축구선수 하고 싶어요."

"아빠, 저 축구선수 하고 싶어요."라는 한마디가 약 15년 동안 지속됐던 문제의 시발점이었습니다. 땅의 어디를 밟든 지뢰가 펑펑 터지듯, 부모님의 속을 뒤집어 놓는 일들이 계속 발생했습니다.

2003년 2월 19일, 초등학교 3학년. 축구선수의 길로 들어선 날짜입니다. 또한 부모님의 노화가 가속화된 시점입니다.

이때부터 엉망진창인 삶이 시작되거든요.

"시험 잘 봤니?"

'아이씨, 망했다. 큰일 났다. 어떡하지?'

늘 학교 시험 점수를 보고 중얼거렸던 혼잣말입니다. 항상 점수가 바닥을 기었습니다. 20점을 넘겨 본 적이 없습니다. 시험지에선 빨간색 비가 '후드득' 쏟아져 내렸습니다. 그런 시험지를 하교하기 전에 찢었습니다. 그리고 학교 어딘가에 버렸습니다.

성장도 복리가 됩니다

초등학교 때까진 하교를 항상 아버지와 같이 했습니다. 집은 등촌동인데 학교는 이촌동에 있었거든요. 그래서 매일 아버지의 차로 저는 하교를 하고, 아버지는 퇴근을 했습니다.

문제는, 학교 시험을 망친 날에도 아버지와 같이 있다는 겁니다!

그런 날엔 아버지를 만나기 한참 전부터 심장이 곧 터질 듯이 뛰었습니다. 그리고 속으로 이렇게 생각했습니다. **'아빠가 오늘 시험 날이라는 걸 몰랐으면 좋겠다!'**

2006년, 사회 과목 점수 3점. 6학년 때의 시험 점수입니다. 이날도 '아빠가 오늘 시험 날이라는 걸 몰랐으면 좋겠다!'라고 하늘에 빌었습니다. 그러나 하늘은 기도를 들어주지 않았습니다. 아버지가 **"시험 잘 봤니?"**라고 바로 묻더라고요. 그 물음에 솔직하게 "잘 못 봤습니다."라고 대답했으면 됐는데, 거짓말하고 말았습니다.

"응! 나 완전 잘 봤어. 70점 넘을 것 같은데?"

아버지는 다 알고 있었습니다. 사회 과목 점수가 3점이라는 것을. 어떻게 알았는지는 지금도 의문입니다.

거짓말이 들통나고 그날 저녁, 처음이자 마지막으로 아버지에게 맞았습니다. 채찍질을 당하듯, 아버지의 가죽 벨트가 엉덩이를 휘감았습니다.

"100만 원 다 어디다 썼어?"

2007년, 중학생이 되었습니다. 중학교에 입학하고 나서부터는 축구부 숙소에서 생활했습니다. 아버지는, 떨어져 있는 아들이 잘 먹고 다녔으면 했는지 체크카드 하나를 만들어 줬습니다. 그리고 거기에 **'100만 원'**을 넣어 줬습니다.

부자가 된 기분이 들어서였을까요. 돈을 펑펑 쓰고 다녔습니다. 거의 돈을 뿌리고 다녔습니다. 우선, 축구부 친구한테서 축구화를 샀습니다. 그 친구는 희귀한 축구화를 갖고 있었거든요. 호나우지뉴가 신는 나이키 축구화를 그 친구가 갖고 있었습니다. 그래서 친구한테 "그 축구화 20만 원에 살게." 하고, ATM기에서 20만 원을 인출해 현금으로 지불했습

성장도 복리가 됩니다

니다.

다음으로 돈을 제일 많이 쓴 곳, 지출 목록에서 대부분을 차지한 것은 간식이었습니다. 학교 매점에 가든, 학교 앞 마트에 가든 혼자 가지 않았습니다. 꼭 친구 한두 명을 데리고 갔습니다. 그리고 가서 이렇게 부자 행세를 했습니다. "얘들아, 너네 먹고 싶은 거 골라. 다 골라."

돈을 통 크게 쓰는 것이 소문이 되었습니다. 선후배들 사이에까지 퍼져 나갔습니다. 그들 사이에서 '갑부'가 되었습니다. 이제 그들은 저를 볼 때마다 "나도 사 줘!", "어이! 갑부, 나도 피자홀릭 사 줘!"라고 말하더군요. 그들의 기대를 저버리고 싶지 않았습니다. 그래서 또 통 크게 돈을 썼습니다.

두 달도 안 되어 100만 원을 탕진했습니다. '파티는 끝났습니다.' 학교 매점에 있는 나나콘과 피자홀릭은 먹고 싶은데 돈이 없으니 미칠 것 같았습니다. 그래서 공중전화로 아버지에게 전화했습니다. 100번 고민하고 전화를 했던 것 같네요. 아버지의 극대노가 예상됐거든요.

번호를 누르고 몇 초 뒤, 아버지가 전화를 받았습니다.

아래는 통화 내용입니다.

"아빠, 저 용돈 좀 주세요…."
"너 통장에 100만 원 있잖아?"
"다 썼어요…."
"그걸 벌써 다 썼다고? 100만 원 다 어디다 썼어?"
"친구한테서 축구화도 사고, 먹는 데…."
"야, 너 지금 장난하냐?"

   돈을 펑펑 쓰던 시절을 회상할 때마다 이런 다짐을 합니다. '내 자식이 일찍부터 돈에 관한 공부를 할 수 있게 해야겠다. 돈에 밝은 사람으로 성장시켜야겠다.' 올바른 '소비 습관'과 '저축 투자 습관'이 중요하기 때문이죠.

   잘못 들인 세 살 적 소비 버릇, 여든까지 갑니다.

"아빠, 저 전학 가고 싶어요"

초 · 중 · 고를 통틀어 전학을 아홉 번 다녔습니다. 초등학생 때 세 번, 중학생 때 세 번, 고등학생 때 세 번. 전학 사유가 아주 다양한데요. 지도자가 마음에 안 들거나, 운동을 그냥 그만두고 싶거나, 기숙사 규칙이 싫거나, 운동부 부조리에 진절머리가 나는 등, 복합적인 이유로 전학을 다녔습니다.

그중에 주된 이유를 꼽자면 두 가지인데요. **기숙사 규칙에 적응하지 못한 점과 운동부 부조리**입니다.

운동부가 있는 대부분의 학교는 다음과 같은 규칙을 준수하라 합니다. '짧은 머리 유지하라.', '핸드폰 사용하지 마라.', '이성 친구 만나지 마라.' 등등. 금욕적인 생활을 강제합니다. 정말 미칠 것 같더라고요. 아니, 미쳐 버렸습니다.

고1 때, 친구와 점심을 먹고 도망을 갔습니다. 서울에서 의정부로 말입니다. 아무 계획도 없이, 억압받는 세상에서 해방되기 위해, 자유를 만끽하기 위해. '뒤를 돌아보면 죽는다!'고 생각하고 무작정 전철역으로 내달렸습니다. '나는 절대 잡히지 않아!' 하면서 의정부로 갔습니다.

그러나, 허무하게 잡혔습니다. 친구네 집에 숨어 있었는데요. 잠깐 편의점 가려고 나갔다가 아버지에게 잡혔습니다.

선수 생활을 하면서 정말 많이 맞았습니다. 따까리(심부름꾼)라서 맞고, 선배의 빨래를 안 해서 맞고, 짜증 나는 표정이라고 맞았습니다. 엉덩이는 항상 이상한 색깔이었습니다. 보라색 아니면 갈색이었습니다. 멍 때문에 속옷도 제대로 못 입고, 앉아 있지도 못했습니다. 엉덩이에 무언가 닿는 순간 끔찍한 고통이 느껴졌거든요.

멍이 좀 사라지려고 하면 '그들'은 그들만의 '붓'을 다시 집어 들고 '덧칠'을 했습니다. 아주 '친절하게' 말이죠. 샤워를 할 때마다 이렇게 혼잣말을 했던 기억이 납니다. "하, 이 멍은 언제쯤 없어질까. 엄마 아빠가 보면 속상해할 텐데." 정말 지옥 그 자체였습니다.

학교에 적응하지 못하고, 부조리 때문에 힘들 때마다 **"아**

빠, 저 전학 가고 싶어요."라고 말했습니다. 아버지는 단 한 번도 "안 돼."라고 하지 않았습니다. 늘 "그래, 알겠다. 그러자."라고 했습니다. 그렇게 전학을 아홉 번 다녔습니다.

삐뚤빼뚤한 아들이 얼마나 힘들었을까요.

"… 인간이 인격적으로 성장하려면
그만큼 강한 충격이 필요하다…"

- 후지하라 가즈히로의 『책을 읽는 사람만이 손에 넣는 것』

4년이 1년 같았던 대학 생활

나는 술 마신다, 고로 존재한다

2013년, 우여곡절 끝에 충북대학교의 체육교육과에 입학했습니다. 방황하던 삶을 청산하고 '제대로 살자!'라는 마인드로 대학교에 들어갔습니다.

대학교에 입학한 날부터 어머니가 늘 하던 말이 있습니다. "공부 열심히 해서 체육 교사가 되어라." 그러나 항상 어머니의 말을 '웃음'으로 덮어 버리거나, "저는 체육 교사 할 생각이 없어요."라고 대답했습니다. 어머니가 돌아가시기 전까지요.

'제대로 살자!' 마인드로 대학교에 입학했는데, 다시 방황하는 삶이 시작됐습니다. 좋은 친구인지 나쁜 친구인지 헷갈리는 녀석을 만났기 때문입니다. 바로 '술'입니다. 주말만 되면 미친 듯이 마셨습니다. 내가 술을 마시는 건지, 술이 나를 마시는 건지 모를 정도로 들이부었습니다. 아버지는 늘 이렇게 말했습니다.

"차 조심, 개 조심, 사람 조심, 술 마시고 싸우지 마라."

다행히도 싸운 적은 한 번도 없습니다. 대신 **술 때문에 학업과 운동이 개판이 됐죠.**

학점은 항상 2점대였습니다. 강의를 들으러 가도 뒷자리에서 핸드폰만 하거나 잠을 잤습니다. 시험을 볼 땐 시험지에 교수님을 향한 '러브레터'를 적었습니다. 축구부 훈련도 대충대충 했습니다. 감독님에게 '저 아파서 쉬겠습니다.' 하고 몇 달을 쉬었습니다. 또는 민폐 끼치지 않을 정도로만 훈련에 참여했습니다. 담당 교수님은 이런 저를 보고 '시원찮은 놈', '장애인'이라고 말했습니다.

데카르트는 이런 말을 남겼습니다.

"나는 생각한다, 고로 존재한다."

성장도 복리가 됩니다

저는 아래와 같이 표현하고 싶네요.

'나는 술 마신다, 고로 존재한다.'

"인터뷰를 요청하고 싶습니다!"

대학생 시절, **'힙합' 빠돌이**였습니다. 광적이었습니다. 고3 때 축구부 주장이었던 친구가 '쇼미더머니'를 보여 주면서부터 중독되었습니다. 단 하루라도 랩을 듣지 못하고, 뱉지 못하면 금단증상이 나타났습니다. 그만큼 힙합에 진심이었죠. 어느 날 갑자기 이런 생각이 들었습니다.

'정식으로 음악을 해 보자!'

우선, 비트에 맞춰 가사부터 써 봤습니다. 사랑이나 가족에 대한 가사, 누군가를 저격하는 가사 등등. 라임을 맞춰 가면서 가사 쓰는 연습을 했습니다. 다음으로, 직접 쓴 가사로 랩을 했는데요. 그 랩을 녹음하기 위해 작업실 하나를 빌리기도 했습니다. 녹음된 파일은 **'멜론'**이나 **'힙합플레이야'**와 **'힙합LE'**라는 사이트에 올렸습니다. 정말 꾸준하게 랩을 했

습니다. '이렇게 꾸준했던 적이 있나?' 싶을 정도로 음악에
집착했습니다.

어느 날 힙합LE에서 알림이 왔습니다. 업로드한 곡에 댓
글이 달렸다는 알림이었습니다. 들어가서 봤더니 아래와 같
은 댓글이 쓰여 있더라고요.

안녕하세요!… 인터뷰를 요청하고 싶습니다!

인터뷰를 요청한 분과 연락처를 주고받았습니다. 인터뷰
약속을 잡았습니다. 그리고 며칠 지나서 서울의 한 카페에서
인터뷰를 했습니다. '힙합을 하게 된 계기', '힙합과 축구 중
무엇을 선택할 것인가', '어머니에 대한 이야기' 등등. 30분간
정말 재밌게 질문들에 답을 했습니다.

이 글을 쓰면서 오랜만에 인터뷰 영상을 찾아봤습니다.

네. 바로 껐습니다.

"엄마 폐암 말기래"

2015년 대학교 3학년 때, 어머니가 안 하던 기침을 시도 때도 없이 했습니다. 그래서 "엄마, 감기 걸렸어? 기침 계속 하네? 병원 한번 가 보자."라고 말했습니다. 어머니도 감기인 줄 알고, 동네 병원에서 진료받고 감기약을 처방받았습니다.

처방받은 약을 먹어도 낫지를 않으니, 이상함을 감지했나 봅니다. 어머니는 아버지와 같이 대학병원으로 갔습니다. 저는 그때 학교에 있었는데요. 학교에서 검사 결과가 궁금해 어머니에게 전화했습니다. 근데 받지 않더라고요. 그래서 아버지에게 전화했습니다. 아버지는 바로 받았습니다. 다짜고짜 검사 결과를 물어봤습니다. 아래는 아버지와의 통화 내용입니다.

"아빠, 엄마 뭐래? 엄마 기침 왜 하는 거래?"
"강준아, 아빠가 이따 전화할게."
"왜? 결과가 어떤데? 근데 아빠 울어?"
"강준아, 엄마 폐암 말기래."

전화를 끊고 정말 많이 울었습니다. '엄마는 죽지 않을 거야.'라고 생각하면서도 '엄마가 죽으면 어떡하지?'라는 걱정을 했습니다. 그리고 그동안 어머니를 힘들게 했던 날들이 떠올랐습니다. 툭하면 전학 간다고 했던 날, 죽고 싶다고 종이에 적었던 날, 체육 교사 안 할 거라고 했던 날 등등. 사랑하는 사람의 가슴에 망치질만 했던 날들이, 눈앞에서 끊임없이 재생됐습니다.

2017년 5월, 2년간의 투병 생활 끝에 어머니는 돌아가셨습니다. 돌아가시기 2주 전에 이런 유언을 남겼습니다.

"엄마 없어도 아빠 말 잘 들어야 돼. 알았지?"

서로 부둥켜안고 한참을 울었습니다. 엄마 왜 그런 말 하냐고, 엄마 안 죽을 건데 왜 그런 슬픈 말 하냐고, 따지면서 울었습니다.

어머니가 돌아가시고 한 달 뒤, 친구 두 명을 청주의 한 카페에서 만났습니다. 조심스럽게 이런 말을 하더라고요.

성장도 복리가 됩니다

"강준아, 임용고시 준비하자. 장례식장에서 네가 잠깐 자리를 비웠을 때, 아버님께서 네가 임용고시를 봤으면 좋겠다고 하시더라. 어머님께서도 네가 체육 교사 되길 원하셨잖아."

친구들의 이야기가 제 삶을 180도 바꿔 놓았습니다.

꼴통에서 체육 교사로.

"다음 생에도 괜찮다면 엄마 아들로 태어나고 싶어."

- 본문 중에서

절대 부치지 못하는 편지

어느 날이었습니다. 아무 생각 없이 책장을 주시하고 있었습니다. 그때 책 한 권 사이에 끼어 있는 '접힌 종이'가 눈에 띄더라고요. '어? 이게 뭐지?' 하면서 종이를 책에서 빼 봤습니다. 한 장의 편지지였습니다. 그것도 내용이 빼곡하게 적힌 편지.

　　　　　　　　　　　　　　성장도 복리가 됩니다

쭉 읽어 보니, 어머니가 돌아가시고 7개월 뒤에 적은, 아버지와 어머니의 결혼기념일을 축하하는 편지더라고요.

순간 가슴이 너무 아팠습니다. 평생 부칠 수 없는 편지라는 것을 알면서도 내용을 빼곡하게 적었던 그때의 제가 생각났기 때문입니다.

편지 내용은 다음과 같습니다.

To. 세상에서 제일 보고 싶고 사랑하는 우리 엄마에게.

엄마 안녕? 나 엄마 첫째 아들 강준이야. 잘 지내? 나는 너무 잘 지내고 있어. 엄마가 원했던 교사가 되기 위해 열심히 공부하고 있어. 엄마도 알고 있지? 다 지켜보고 있지? 하느님 곁에서 나 응원해 주고 있을 거라고 믿어!

엄마! 오늘 아빠와의 결혼기념일을 축하해! 아빠 같은 좋은 사람을 만나서, 아빠와 엄마 사이에서 내가 태어났다는 것에 감사하게 생각하고 있어!

엄마, 요새 바빠? 왜 꿈에 잘 나타나 주지 않아? 엄마가 너무 보고 싶단 말이야. 꿈에서라도 엄마를 만나서 엄마가 해 주는 맛있는 밥을 먹고 싶어. 특히 그 소고기에다가 피망 들어가고 막 그런 거! 뭔지 기억하지? 그 요리하는 법 알려 준다고 했으면서… 언제 알려 주게? 꿈에서라도 알려 줘. 그리고 엄마랑 짜장면에다가 커피도 마시고 싶어. 커피랑 같이 먹으니까 느끼한 게 없어지고 아주 좋더라고.

나 사실 엄마 만나서 하고 싶은 게 너무 많아. 하고 싶은 말도 너무 많고. 너무 갑작스럽게 하느님 곁으로 간 거 아니야? 그때 내가 좀만 더 힘내라고 했던 거 기억나? 힘내라고 했던 말 들렸지? 조금만 더 힘내 주지… 하루만 더 있어 주지… 엄마 너무 보고 싶어.

그냥 엄마라는 단어만 봐도 보고 싶단 생각이 먼저 들어. 엄마의 웃는 모습, 목소리, 엄마의 냄새, 엄마의 살결들이 다 기억나. 옆에 돌아보면 엄마가 있을 것만 같고 아침에 부엌에서 엄마가 요리하고 있을 것만 같고, 아직은 막 그래. 나는 잘 적응이 되질 않네….

성장도 복리가 됩니다

내가 하는 말이 제일 무서웠어? 내가 하는 말이 제일 무서워서 내가 고집부리는 대로 하게 냅둔 거야? 내가 고집부릴 때마다 혼내지 그랬어. 그러면 좀 더 빨리 정신 차리고 열심히 공부하는 모습 보여 줬을 텐데.

미안해 엄마. 모든 게 미안해. 그때 내가 잠들지만 않았어도 좀 더 오랜 시간 동안 같이 있었을 텐데.

이 편지 엄마한테 전달될 수 있을까? 바쁘지 않을 때 꿈에 나타나 줘. 내가 편지 읽어 줄게. 너무 보고 싶어. 울지 않기로 했는데 눈물이 나네.

마지막으로, 엄마! 결혼기념일 축하하고 다음 생에도 괜찮다면 엄마 아들로 태어나고 싶어. 엄마, 진짜 너무 보고 싶고 너무 사랑해. 세상에서 제일 사랑해. 사랑해.

-강준-

2017. 12. 5.

"깎아내리는 말들에 감사하자.
더 완벽하고 정교하게 조각되니까."

- 본문 중에서

무시가 낳은 무시무시한 사람

임용고시를 3년 좀 넘게 준비했습니다. 3년 동안 크고 작은 무시들을 받았습니다. 처음에 주변 사람들에게 "나 임용고시 준비해."라고 말하면, "아이고, 10년 넘게 운동만 하던 놈이 뭔 공부냐. 힘들지 않겠어?"라고 걱정해 줬습니다. 또는 "힘들겠지만, 한번 잘 준비해 봐. 잘할 수 있을 거야."라고 위로와 격려를 보내 줬습니다.

근데, 시간이 지날수록 그 걱정들이 **'무시'**로 돌변하더라고요.

"야이씨, 네가 되겠냐? 같이 기술이나 배우자."
"너 아직도 공부하냐?"
"언제까지 공부하냐?"

비수가 되는 말들로 제 가슴에 상처를 냈습니다.

모욕적인 말들을 들으면서 이런 생각이 들더라고요. '아, 그때 해 줬던 걱정들이 거짓말이었구나. 저게 본심이구나.' 그러고 나서 이렇게 결심했습니다.

'미친놈이 되자. 또라이가 되자.'

그동안 마음에 담아 뒀던 조롱 섞인 말들을 꺼내기 시작했습니다. 계속 무시해도 마음에 담아 두지 않았습니다. 그 모든 더러운 말들을 발밑에 쌓았습니다. 하나씩 차곡차곡. **발판을 다지기 시작한 겁니다.** 높게 도약하기 위해.

쌓고 보니 발판 높이가 꽤 되더라고요. 그들에게 감사했습니다. 더 높이 뛸 수 있으니까요.

높은 발판을 밟고 뛸 수 있는 힘을 미친 듯이 길렀습니다. 두 가지 원칙을 지켜 가면서 말입니다.

1. 하루에 한 끼만 먹는다.
2. 1주일에 한 번은 '무조건' 밤을 새우며 공부한다.

이 원칙을 세운 이유는 이렇습니다. '남들 놀 때 똑같이 놀고, 남들 밥 먹을 때 똑같이 밥 먹고, 남들 잘 때 똑같이 자면 성공하지 못한다.'고 생각했기 때문입니다. 진짜 미친놈, 또라이가 된 거죠.

미친놈, 또라이가 된 지 어느덧 3년. 아래와 같은 소식이 전해졌습니다.

최종 합격을 진심으로 축하합니다.

'최종 합격을 진심으로 축하합니다.'
무시받던 놈이, 무시무시한 사람이 된 순간입니다.

3년간 임용고시를 준비하면서 세 가지 교훈을 얻었습니다.

1. 모진 말들을 가슴으로 받지 말자. 바닥에 쌓아 발판으로 삼자.

2. 깎아내리는 말들에 감사하자. 더 완벽하고 정교하게 조각되니까.

3. 무시받는 사람은, 결국 무시무시한 사람이 된다. 그러니 닥치고 버티자.

"특이함이라는 꼬리표는
이런 도장을 찍어 주는 거나 마찬가지입니다.
'세상을 바꾸는 사람'
따라서 평생 특이하게 살렵니다."

- 본문 중에서

어색함 때문에 시작한 독서

'특이한' 꼬리표

2021년 3월, 백수에서 체육 교사 신분으로 출근을 했습니다. 충주의 한 중학교로 발령받았는데요. 처음 출근할 때의 느낌과 장면이 잊히지 않습니다. 내게 인사하는 아이들, 그 아이들을 향한 어색한 미소와 손짓과 목소리 톤, 그런 나 자신이 어색해서 느껴지는 쑥스러움 등등. '이렇게 어색한데 잘할 수 있을까?'라고 생각했던 그때의 첫 출근을 잊을 수 없습니다.

어색함. 이 어색함이 세차게 휘몰아치는 시간대가 있었습니다. 출근 전과 퇴근 후의 시간입니다. 임고생 시절, 매일 10시간 이상 전공 책을 붙들고 살았습니다. 그것도 3년 동안 말입니다. 10,950시간(10시간*365일*3년)을 책과 함께 보냈는데, 갑자기 그런 삶이 사라지니 어색했습니다. 공허했습니

성장도 복리가 됩니다

다. 그래서 취한 조치가 **'뭐라도 읽자!'**였습니다.

'무엇을 읽으면 좋을까?' 하다가 로버트 기요사키의 『**부자 아빠 가난한 아빠**』를 읽었습니다. 돈에 대한 관심이 많았거든요. 『**부자 아빠 가난한 아빠**』 덕분에 자산과 부채에 대한 개념이 명확히 잡혔습니다.

다음으로 고른 책은 김동식 작가의 『**회색 인간**』입니다. 보건 선생님의 추천으로 『**회색 인간**』을 읽었는데요. 잠을 못 자게 하는 책이더라고요. '여기만 읽고 그만 읽어야지.' 하다가 다 읽은 책이 『**회색 인간**』입니다. 이 책을 읽고 김동식 작가에 푹 빠져, 한동안 김 작가의 책만 읽었습니다.

이렇게 '읽는 삶', '독서가'의 삶이 시작되었습니다.

출근할 때 항상 두세 권의 책을 챙겼습니다. 쉬는 시간과 점심시간에 읽기 위해서입니다. 바쁘지 않을 땐 무조건 책만 읽었습니다. 마치 임고생처럼 공부하듯이 말입니다. 밑줄을 그어 가면서 읽었는데요. 공부 습관이 남아 있어서 그런지 밑줄 긋는 게 전혀 어색하지 않았습니다.

어느 날 『**사피엔스**』를 읽고 있었습니다. 옆자리에 있던 체육부장님이 "뭐 읽어?"라고 물어봤습니다. 그래서 『**사피엔스**』 표지를 보여 주면서 "이 책 읽고 있습니다."라고 말했더니 "책이 재밌어? 매일 책을 읽고 있네."라고 말하더라고요. 그러고 나서 너털웃음을 지으며 이렇게 말했습니다.

"너 참 특이하다. 쉴 땐 그냥 편하게 눈 감고 쉬어. 진짜 특이하다, 특이해."

그 말을 듣고 속으로 이런 생각을 했습니다. '나는 이게 쉬는 건데… 그리고 뭐가 특이하다는 거지?'

가스라이팅을 제대로 당했나 봅니다. 특이하다라는 말을 듣고 난 이후부터 모든 행동에 의문을 표했습니다. '이것도 특이한 행동인가?', '이걸 하면 특이하게 쳐다볼까?'라는 생각이 머리를 지배했습니다. 그리고 결국 스스로 '**꼬리표**'를 달았습니다.

성장도 복리가 됩니다

"그래, 나는 특이하다. 특이한 놈이다. **'특이한' 체육 교사다."**

"너 참 특이하다."를 처음 들었을 땐 정말 싫었습니다. 불쾌했습니다. 그러나 지금은 **'나와 어울리는 꼬리표'**라고 생각합니다. 브랜딩하고 싶은 마음까지 듭니다.

그 이유는, 특이하다는 것은 결국 '남과 다름'을 뜻하기 때문입니다. 남과 다름은 '소수의 사람'이라는 것이고요. '소수의 사람만 성공한다'라는 공식을 떠올려 봤을 때, 특이함이라는 꼬리표는 이런 도장을 찍어 주는 거나 마찬가지입니다.

'세상을 바꾸는 사람'

따라서 평생 특이하게 살렵니다.

"책장에 수십 수백 권이 쌓여 간다는 것은
세상을 레버리지하는 것과 같다."

- 본문 중에서

2장

레버리지적

복리 성장의 핵심, 독서

"결국 자신을 바꾸기 위해서는 책을 읽고
식견을 축적할 수밖에 없었다."

- 후지하라 카즈히로의 『책을 읽는 사람만이 손에 넣는 것』

독서로 하루를 열고 닫다

하루를 여는 독서

아침 6시 45분, 아이폰의 알람이 울립니다. '일어나! 출근해야지!'라고 소리치듯이 요란한 알람 소리가 잠을 깨웁니다. 성공한 사람처럼 이불을 갭니다. 그 이불 위에 베개를 살포시 올려놓습니다. '오늘도 작은 성공을 맛보는구나.'라는 생각을 하면서 샤워실로 들어갑니다. 샤워를 마친 후, 학급 아이들이 좋아하는 '덮은 머리'로 손질합니다. 출근복을 입고 나면 항상 30분 정도의 '여유 시간'이 있습니다. 이 여유 시간을 **'복리성장시간'**이라고 표현하는데요. 그 이유는 30분 동안 **'어제보다 복리로 성장한 오늘'**을 만들기 위해 자기계발 하기 때문입니다.

복리성장시간은 세 가지의 '읽는 활동'으로 이루어져 있습니다. 그 활동들은 다음과 같습니다.

1. 경제 뉴스레터 읽기

2. 자기암시 문구 일곱 가지 읽기

3. 15분 독서하기

첫 번째 활동인 '경제 뉴스레터 읽기'는 '투자자' 관점에서 이루어지는 활동입니다. 자산을 지키고 지속적으로 불려가기 위해 하루도 빠짐없이 경제 공부를 하는 것이죠.

두 번째 활동인 '자기암시 문구 일곱 가지 읽기'는 '교사' 관점에서 이루어지는 활동인데요. 자신감 넘치고 품위와 품격을 갖춘 하루를 보내기 위해 자기 자신에게 주문을 거는 활동입니다. 자기암시 문구 일곱 가지는 아래와 같습니다.

1. 어깨를 펴고 당당하게 걷는 하루가 되자.

2. 화를 잘 다스리는 하루가 되자.

3. 너그럽게 넘어가는 하루가 되자.

4. 누구나 포용할 수 있는 하루가 되자.

5. 먼저 앞서가지 말자. 같이 호흡할 수 있는 하루가 되자.

6. 겸손한 태도로 감사함을 표현하는 하루가 되자.

마지막 세 번째 활동인 '15분 독서하기'는 '독서가'와 '작가'
의 관점에서 이루어지는 활동입니다. 좋은 문장이나 삶에 적
용할 만한 지식을 발견하면 기록합니다. 그리고 나서 실제로
적용해 봅니다. 결과를 유심히 관찰합니다. 관찰 결과는 글
의 소재가 되어 X(구 트위터)나 스레드, 블로그에 포스팅됩
니다.

만약 누군가 "세 가지 활동 중, 한 가지만 해야 한다면 어
떤 것을 하실 건가요?"라고 묻는다면, 한 치의 망설임도 없
이 이렇게 답할 겁니다.

"무조건 15분 독서하기요!"

그 이유는 아래와 같습니다.

첫째, 삶의 '주도권'을 가진 기분이 듭니다.
앞서 말한 것처럼, 책에서 얻은 지식을 삶에 적용합니다.

그리고 어떤 결과가 나타나는지 관찰하고요. 이렇게 지식을 적용하고 관찰하는 행위가 묘한 힘을 느끼게 합니다.

'하루를 내 마음대로 직접 그려 나가는 힘'

즉, 내가 하루를 직접 열고, 하루를 직접 끌고 가는 힘이 느껴집니다.

둘째, 하루를 차분하게 시작할 수 있습니다.

책은 참 매력적인 녀석인데요. 구수한 냄새를 풍깁니다. 부드러운 질감으로 사람을 유혹합니다. 페이지를 넘길 때 들리는 '사악' 하는 소리는 마음에 안정감을 줍니다. 따라서 이 매력적인 녀석 덕분에 하루를 차분하게 시작할 수 있습니다.

하루를 닫는 독서

가끔 동물원의 원숭이가 된 것만 같습니다. 교무실에서 책을 읽고 있으면 학생들이 이런 반응을 보입니다.

"야야야! 강준 쌤 봐 봐. 강준 쌤이 책을 읽어."

"쌤이 책을 읽어요?"

"쌤! 안 어울려요!"

"콘셉트예요?"

위와 같은 반응들을 보일 때마다 **"선생님도 책 읽는 거 좋아해."**라고 말합니다. 그러나 속으로는 '나 좀 냅둬 줘…'라고 울고 불며 애원하고 있습니다.

어느 날부터인가 반 아이들 중에 몇 명이 "쌤! 책 좀 추천해 주세요!"라고 물어보기 시작했습니다. 기분이 좋았습니다. 재밌게 읽은 책을 누군가에게 추천해 주는 것을 좋아하거든요. 그리고 그 책의 내용에 대해 서로 이야기하는 것을 좋아합니다. 따라서 아이들에게 다섯 권의 책을 추천해 주었습니다.

1. 팀 페리스의 『타이탄의 도구들』
2. 리처드 도킨스의 『이기적 유전자』
3. 칼 세이건의 『코스모스』
4. 웨인 다이어의 『우리는 모두 죽는다는 것을 기억하라』

성장도 복리가 됩니다

사실, 책을 편지와 함께 선물한 적도 있습니다. 학교생활을 힘들어하는 학생 두 명이 있었는데요. 그 학생들이 부정적인 생각에 휩싸이지 않고 학교를 잘 다니길 바랐습니다. 그래서 전미경 작가가 쓴 『당신은 생각보다 강하다』를 선물해 주었습니다.

마음이 잘 전달된 걸까요. 전보다는 밝은 표정으로 학교를 잘 다니더라고요. 그 밝고 예쁜 표정을 보니 제가 다 행복했습니다.

의도치 않게 몸에 밴 습관이 있습니다. 퇴근하기 10분 전, 또는 15분 전에 하루 동안의 메모들을 살펴봅니다. 교무 수첩과 책의 여백에 끄적인 메모부터 살피고요. 다음으로 카톡 나와의 채팅방을 쭉 훑어봅니다. 글쓰기 소재를 찾는 것이죠. 또한 취침 전에 어떤 책을 읽을지도 생각해 봅니다. 읽을 책이 정해졌다면 목차와 내용을 가볍게 스캔합니다. 예습하는 것처럼 말입니다.

시계가 4시 30분을 가리키면 어김없이 '칼퇴근'합니다. 학생들의 "역시 칼퇴근하시네요."라는 말에 머쓱해하며 곧장 집으로 향합니다.

집에 도착하면 제일 먼저 글을 씁니다. '오늘의 나'를 기록합니다. 그 글을 세상 사람들과 공유합니다. 많은 사람들이 나의 글을 좋아해 주고, 인용해 주길 바라면서 썼다 지웠다를 반복합니다.

행복한 '지적 노동'인 글쓰기가 끝나면 저녁을 먹습니다. 그러고 운동합니다. 운동 후에는 독서를 하는데요. 그 전에 '337 호흡명상('특이한' 체육 교사의 복리 독서법 참고)'을 해 줍니다. 명상이 끝나면 위대한 작가들의 생각에 접속합니다. 그들의 주옥같은 생각들이 보이면 밑줄을 긋고 별표를 칩니다. 이 **밑줄과 별표들이 복리 성장의 '자양분'이니까요.**

늘 책을 읽고 덮으면서 이런 기대를 합니다.

'어제보다 오늘 더, 오늘보다 내일 더 복리로 성장한 하루

성장도 복리가 됩니다

이길.'

하루를 잘 마무리하고 닫는 방법은 **'조금 더 나은 내일을 기대하면서 독서하기'**입니다. 오늘도 내일도 먼 미래에도 변함없는 방법이죠.

나를 복리 성장으로 이끈
첫 번째 책

Q

책 제목 : 『우리는 모두 죽는다는 것을 기억하라』

저자 : 웨인 다이어

'죽음'은 떠올리기 싫은 단어입니다. 괜히 슬퍼지고 우울해지기 때문입니다. 그러나 죽음은 곱씹어야 하는 생각거리입니다. 웨인 다이어가 말한 것처럼 '죽음을 전위에 놓아야' 하죠. 그 이유는 '삶의 소중함'을 깨닫기 때문입니다. 그리고 자신에게 이런 질문을 하게 만듭니다.

'살아 있는 지금 이 순간을 게을리 보낼 것인가?'

『우리는 모두 죽는다는 것을 기억하라』를 읽고, 죽음에 대해 다시 생각하게 됐습니다.

"죽음은 삶을 어둡게 만드는 'off 스위치'가 아니다. 오히려 삶을 더 환하게 만드는 'on 스위치'이다."

"독서광이 돼야 합니다.
'광'적인 독서가 인생에 '광'을 내니까요."

- 본문 중에서

특이한 체육 교사의 교보문고 여행

다짐은 그저 다짐일 뿐

　저는 책 중독자입니다. 읽는 것뿐만 아니라 책 자체를 좋아합니다. 책의 사이즈를 가늠해 보고, 손에서 느껴지는 종이 질감과 종이를 넘길 때 들리는 ASMR 같은 소리, 책에서 나는 '구수한' 냄새 등에 취하는 것을 좋아합니다. 그래서 본가로 올라갈 때마다 **교보문고**에 들릅니다.

　교보문고에 갈 때마다 다짐합니다.

'둘러보고만 오자. 절대 사지 말자!'

　사 놓고 안 읽은 책들이 많기 때문입니다. 사실 안 읽은 게 아닙니다. 못 읽었습니다. 책을 정말 많이 구매하는데요. 읽는 속도가 구매 속도를 못 따라갑니다. 그래서 둘러보고만

　　　　　　　　　　　　성장도 복리가 됩니다

오자고, 절대 사지 말자고 다짐하는 겁니다.

그런데, 구매 욕구를 억누르는 게 참 쉽지 않습니다. 항상 실패합니다. '둘러보고만 오자. 절대 사지 말자!'라는 다짐이 책을 보자마자 **'둘러보고 사자. 절대 사자!'**로 바뀝니다. 생활비가 부족한데도 삽니다. 모아 놓은 비상금에서 끌어다 씁니다. '비상금은 이럴 때 쓰는 거지!'라고 합리화하면서.

저는 저만의 동선을 따라 움직이는데요. 동선이 구석구석까지 뻗어 있습니다. 우선 베스트셀러 코너로 갑니다. 온라인에서 본 베스트셀러들을 실물로 영접합니다. 그다음은 제일 좋아하는 경제·경영 코너로 갑니다. 읽어 봤던 책들을 모두 한 번씩 집어 올리면서 '이 책 진짜 훌륭했어.', '이 책은 뼈 때리는 말이 많지.', '모든 사람이 이 책을 읽어 봐야 하는데.'라는 생각을 합니다. 그리고 나서 자기계발 코너로 갑니다. 자기계발에서 과학 코너로, 과학에서 인문학 코너로 갑니다. 쭉쭉 가다가 교육 코너를 끝으로 교보문고 여행이 마무리됩니다.

이렇게 세세하게 둘러보는데 어떻게 책을 안 살 수 있을까요. 둘러보면서 마음의 장바구니에 여러 권을 잔뜩 담았습니다. 담아 놓은 책들을 떠올리면서 타협합니다.

'집에 읽을 책들이 산더미니 두 권만 사자.'

'둘러보고만 오자. 절대 사지 말자!'라는 다짐은, 역시 그저 다짐이었을 뿐입니다.

"책을 어떤 기준으로 구매하시나요?"

예전에 X에서 이런 글을 봤습니다.

"엑스 친구님들! 책을 어떤 기준으로 구매하시나요?"

이 글을 보고 어떤 기준으로 구매하는지 곰곰이 생각해 봤습니다. 생각해 본 결과 일곱 가지 기준이 나왔습니다.

1. 직면한 문제에 도움될 만한 내용이 있을 때
2. 표지, 제목, 목차, 개요가 취향을 자극할 때

성장도 복리가 됩니다

3. 작가들이 많이 인용한 책일 때

4. 좋아하는 작가의 책일 때

5. 좋아하는 작가가 추천하는 책일 때

6. 부자들이 추천하는 책일 때

7. SNS에서 추천받았을 때

특히 '추천'을 기준으로 많이 구매합니다. 워런 버핏이 추천해 『인간관계론』과 『현명한 투자자』를 구매했습니다. 참 재밌게 읽은 책들입니다. 그리고 마크 저커버그가 『우리 본성의 선한 천사』를 언급한 것을 보고 바로 사서 읽었습니다. 이처럼 '영향력' 있는 사람들이 추천한 책이면 믿고 구매합니다.

문뜩 이런 생각이 듭니다.

영향력을 갖춘 사람은 독서를 많이 하는구나.
영향력을 갖추려면 **'독서광'**이 돼야겠구나.

『**돈의 심리학**』의 저자 모건 하우절은 본인의 X에서 이런 글을 적었습니다.

"내가 아는 똑똑한 사람들은 모두 독서광입니다. 그리고 그들은 '내가 아는 똑똑한 사람들은 모두 독서광이에요.'라고 말합니다."

'남다른' 사람들은 독서를 합니다. 그래서 같은 것을 봐도 전혀 다른 답을 내놓습니다. 소수의 성공을 그들이 누리는 이유입니다.

독서광이 돼야 합니다.
'광'적인 독서가 인생에 '광'을 내니까요.

"책은 만만한 사람을 만만찮은 사람으로 탈바꿈시킨다.
현자들의 지혜를 레버리지하기 때문이다."

- 본문 중에서

28,800원에 고용한 워런 버핏

나의 직원들

저는 100명 이상의 직원을 두고 있습니다. 이 직원들은 몇 년째 저와 함께 일하고 있습니다. 모두 저의 복리 성장을 위해 각자의 위치에서 최선을 다해 업무를 보고 있습니다. 이들은 보통 '조언'해 주는 일을 하고 있습니다.

저의 직원들은 마음이 참 넓습니다. 월급을 단 한 번도 지급한 적이 없는데요. 월급이 지급되지 않아도 제가 부르면 쏜살같이 달려와 필요한 조언을 해 줍니다. 이들에게 들어간 돈은 몇 푼의 계약금뿐입니다.

교보문고에서 **계약금 28,800원**을 주고 데려온 직원이 있습니다. 바로 '**워런 버핏**'입니다. 그리고 **31,500원**에 '**레이 달리오**'를, **13,050원**에 '**존 보글**'을 직원으로 데리고 왔습니다.

워런 버핏과 레이 달리오, 존 보글 등은 재정적 결정에 도움을 주고 있습니다. 워런 버핏을 향해 "어떤 투자가 승리할까?"라고 조언을 구하면, 워런 버핏은『**워런 버핏의 주주 서한**』을 펼쳐 보며 "인덱스펀드가 승리합니다."라고 말해 줍니다. 여기에 존 보글이 끼어들면서『**모든 주식을 소유하라**』를 펼쳐 보며 "건초더미에서 바늘을 찾지 말고, 그 건초더미를 통째로 사세요."라고 조언해 줍니다. 그리고 레이 달리오에게 "이러한 상황에서 어떤 생각을 갖는 게 좋을까요?"라고 물어보면, 레이 달리오는『**원칙**』을 펼치며 "극단적으로 개방적인 생각을 가지세요."라고 말해 줍니다.

마음을 달래 주는 직원도 있습니다. 바로 '**제이 셰티**'입니다. 제이 셰티에게 "두려움이 느껴지는 것 같아요."라고 말하면, 제이 셰티는『**수도자처럼 생각하기**』를 훑어보면서 "원인은 집착 때문이에요. 초연해지세요."라고 마음을 달래 줍니다. 또 최근에 고용한 '**로버트 그린**'에게 "그 사람은 왜 공격적인 모습을 보이는 걸까요?"라고 물어보면, 로버트 그린은『**인간 본성의 법칙**』을 보여 주면서 "여기 한번 봐 보세요. 공격적인 사람은 깊은 상처가 있기 때문이에요. 그리고 어렸을 때 무력감을 경험했기 때문이죠."라고 인간 본성을 이해시켜줍니다.

이 외에도 수많은 직원이 '지혜'를 제공하고 있습니다. 언제, 어디서나, 필요로 할 때마다. 그것도 무보수로.

레버리지

타인의 돈을 이용해 큰 수익을 얻는 투자 방법이 있습니다. 예외인 경우도 있지만, 보통 자신의 돈이 충분하지 않을 때 타인의 돈을 지렛대 삼아 투자 수익을 불리는 방법입니다. 이를 **'레버리지'**라고 하는데요. 금융뿐만 아니라 **개인의 성장**에도 레버리지를 적용할 수 있습니다. 지혜가 담긴 책을 통해서 말이죠.

저는 경험이 부족합니다. 그래서 무엇이 올바른 선택인지 헷갈릴 때가 있습니다. 그럴 때마다 책 속에 있는 검증된 지혜를 빌립니다. 일에서는 '세이노'의 지혜를, 인간관계에서는 '데일 카네기'의 지혜를, 투자에서는 '워런 버핏'의 지혜를 레버리지합니다. 건강을 위해선 『**질병 해방**』의 저자들인 '피터 아티아'와 '빌 기퍼드'의 값진 지혜를 과감하게 가져다 씁니다.

책이 하나둘 늘어 갈 때면 이런 생각이 듭니다.

'책장에 수십 수백 권이 쌓여 간다는 것은 세상을 레버리지하는 것과 같다.'

또한….

'책은 만만한 사람을 만만찮은 사람으로 탈바꿈시킨다. 현자들의 지혜를 레버리지하기 때문이다.'

그래서 오늘도 책 한 권을 주문했습니다.

나를 복리 성장으로 이끈
두 번째 책

🔍

책 제목:『책은 도끼다』

저자: 박웅현

'이런 책을 쓰고 싶다.' **『책은 도끼다』**를 읽고 떠오른 한 문장입니다.

이 책은 저자의 삶에 영향을 준 도서들을 소개합니다. '울림'을 준 문장을 해체해 그 안에 있는 의미들을 끄집어내어 보여 주기도 합니다. 그리고 독자의 마음을 울립니다. 참 너무하죠.

이 책에서 저자는 이런 말을 합니다. "… 다독 콤플렉스를 버려야 한다고 생각합니다." 이 문장에 공감해 SNS에 다음과 같은 글을 끄적였습니다.

"나는 이렇게 생각한다. 독서는 양보다 질이다. '많이'보다는 '깊게'다. 그리고 '속독'보다는 '숙독'이 낫다고 생각한다."

『책은 도끼다』는 어떤 책을 읽어 봐야 하는지 알려 줍니다. 그리고 책을 어떻게 읽어야 하는지를 '은밀하게' 가르쳐 줍니다. 또한 많은 영감을 불러일으킵니다.

"… 금융 문맹은 생존을 불가능하게 만든다."

- 앨런 그린스펀

돈은 인격체다 – 『돈의 속성』

돈에 밝은 사람이 되길 바라서

열 살 터울 남동생이 있습니다. 2023년에 스무 살이 됐습니다. 초등학교 저학년 때부터 다양한 스포츠를 좋아했는데요. 축구, 야구, 스쿼시 등을 참 즐겨 했습니다. 그중에서 스쿼시의 매력이 더 강했는지 스쿼시 선수가 됐습니다. 운동선수로 지내는 게 쉽지 않은데, '강인'한 성격으로 잘 이겨 나가고 있습니다. 아주 기특하죠.

동생이 스무 살이 됐을 때 정말 기뻤습니다. 늘 성인이 되는 순간을 기다렸거든요. 항상 **'머리가 어느 정도 크면 같이 돈 공부를 해야겠다.'**라는 생각을 가지고 있었습니다. 그 이유는 두 가지인데요. 첫 번째는 성인이라면 스스로 돈을 다룰 줄 알아야 하기 때문이고, 두 번째이자 가장 큰 이유는 동생이 **운동만 한, 운동선수**이기 때문입니다.

성장도 복리가 됩니다

제가 운동선수일 때 이런 말을 많이 들었습니다.

"운동하는 애들은 돌대가리여서 사기당하기 쉬워."

당시에는 이해가 되지 않았습니다. 그러나 성인이 되고 사회생활을 시작하고 나서부터는 '정말 사기당할 수 있을 만큼 취약한 상태구나.'라는 것을 느꼈습니다. TV에서 들려오는 경제금융용어들(이 용어들을 들었을 당시에는 경제금융용어인지 몰랐습니다)이 외계어처럼 들렸거든요. 이 불쾌한 느낌을 동생이 느끼지 않길 바랐습니다. **'금융문해력'**을 갖춘 사람이 되길 바랐습니다.

즉, **'돈을 밝히는 사람'**이 아닌, **'돈에 밝은 사람'**으로 성장하길 바랐습니다.

그래서 책 한 권을 추천했는데요. 바로 김승호 회장의 『**돈의 속성**』입니다.

『**돈의 속성**』은 가난으로 가득했던 저의 생각을 부로 가득한 생각으로 개조시킨 **'인생책'**입니다. 마음속에 타투로 새길 만한 내용들이 참 많은데요. 그중, 가장 좋아하는 내용은 다음과 같습니다.

> "돈은 인격체다. … 자신에게 합당한 대우를 하는 사람 곁에서는 자식(이자)을 낳기도 한다."

우리의 행동은 무의식의 지배를 받고 있습니다. 무의식 속에 어떤 타투가 새겨져 있느냐에 따라 행동이 결정됩니다. 가난에 대한 내용이 새겨져 있으면 가난으로 가는 행동을 할 것입니다. 그러나 부에 대한 내용을 새기면 부로 가는 길을 택하고 그에 맞는 행동을 할 것입니다.

『돈의 속성』은 무의식을 '부'로 채워 주는 책입니다. 금융문해력을 갖춘 돈에 밝은 사람으로 성장시켜 주는 '돈' 교과서입니다. 그래서 동생에게 추천하고 읽힌 것입니다.

자연스러운 투자 이야기
어느 날 동생이랑 맥주를 마시고 있었습니다. 동생이 갑자

성장도 복리가 됩니다

기 **"형, 복리가 정확히 뭐야?"**라고 물어보더군요. 기분이 좋았습니다. 그 질문은 『**돈의 속성**』을 공부했다는 뜻이고, 돈에 밝은 사람이 되기 위한 첫 스텝을 밟았다라는 생각이 들었기 때문입니다. '복리' 이야기 이후 다음 스텝을 밟기 위한 대화로 넘어갔는데요. 바로 '**투자' 이야기**입니다.

투자 이야기, 즉 '**주식' 이야기**를 처음 꺼냈을 때 불편한 감정이 들었습니다. '아직 주식을 논하기에는 이른가?'라는 생각이 들었습니다. 그러나 '빨리 친해질수록 좋은 친구'가 주식이기 때문에 계속 이야기를 꺼냈습니다.

"주식을 하는 게 좋을 수도 있어."
"네가 게임을 좋아하니까 '게임 회사'에 투자해 봐."
"미국 시장에 투자해 봐."

그 결과, 현재는 주식투자 이야기가 자연스럽습니다. 그리고 주식투자가 동생의 삶이 되었습니다.

동생은 스무 살 때부터 연금저축펀드에서 주식투자를 하

고 있습니다. S&P500 ETF에 열심히 투자 중입니다. 동생과 통화를 할 때마다 "절대 팔지 말고, 돈 생길 때마다 사라."고 말합니다.

　동생의 미래가 기대됩니다. 모건 하우절이 『**돈의 심리학**』에서 말한 것처럼 "내가 원하는 것을, 내가 원할 때, … 내가 원하는 만큼 할 수 있는" 자유를 누리는 동생의 아름다운 미래가 기대됩니다.

"낚아채라, 끄적여라, 섞어라."

- 본문 중에서

특이한 체육 교사의 복리 독서법

독서 마인드 세 가지

어느 날 책을 읽다가 문득 이런 생각들이 들었습니다.

'여태까지 읽은 내용들이 머리에 저장되어 있을까?'
'그렇지 않다면 시간 낭비한 것은 아닐까?'
'어떻게 하면 효과적인 독서를 할 수 있을까?'
'이 책을 어떻게 내 것으로 만들 수 있을까?'

독서에 대한 원초적인 질문들이 떠올랐습니다. 이 질문들에 맞는 해답을 찾기 위해 검색을 해 봤습니다. 그리고 영상들을 찾아봤습니다. 데이터들을 정리하고 추려보니 **세 가지 마인드**가 필요하더라고요. 그 세 가지 마인드는 다음과 같습니다.

성장도 복리가 됩니다

첫째, 페이지당 가치 생산 마인드

이는 **'한 페이지도 무의미하게 넘기지 않겠다'**는 마인드입니다. 즉 어떻게든 각 페이지에서 교훈이나 마음에 드는 문장, 핵심 메시지를 뽑아내는 겁니다. 그리고 거기에 나의 생각을 추가해 **글 한 편을 작성**하는 겁니다(〈저는 세 가지 방법으로 독서를 합니다〉 참고). **가치**를 만들어 내는 것이죠.

단순히 읽기만 했다면 가치를 '소비'한 것입니다. 그러나 자신의 생각이 추가된 글을 작성해 세상에 공유했다면 가치를 '생산'한 것입니다.

둘째, 온몸으로 읽기 마인드

독서는 인풋뿐만 아니라 **아웃풋**도 중요합니다. 즉 **머리로 '습득'**된 지식을 온몸으로 실천해 **'체득'으로 전환**하는 것입니다. 예를 들어 글쓰기를 할 때 최대한 쉽게 써야 한다는 것을 배웠다면, 실제로 글을 쓸 때 쉬운 단어들을 선택해 써 보는 겁니다.

눈으로만 읽는 독서는 **'단리'**로 성장하는 독서입니다. 온몸으로 읽고 실천하는 독서는 **'복리'**로 성장하게 하는 독서입니다.

셋째, 5권 꼬리물기 마인드

이는 어떤 주제에 대한 책을 읽을 때 **다섯 권 이상 읽자'는 마인드**입니다. 예를 들어 주식 공부를 하고자 할 때 다섯 권은 쌓아 두고 읽자는 겁니다. 그 이유는 한 권만 읽게 되면 **사고가 '편향'**되기 때문입니다. 사고는 유연해야 합니다. 사고가 편향된 채 지내게 되면 **'고정관념'**이 됩니다. 고정관념이 강화되면 **'사상'**이 되고요. 따라서 견해가 다른 책들을 읽어야 합니다. **'말랑말랑'한 사고**가 될 수 있도록 말이죠.

337 호흡명상

저는 책을 읽기 전에 최대한 잡생각을 덜어 냅니다. 머릿속이 생각으로 가득하면 내용을 받아들이지 못합니다. 마치 그릇에 음식이 가득해 아무것도 담지 못하듯이 말입니다. 따라서 머릿속에 띄워져 있는 창들을 닫기 위해 한 가지 루틴을 수행하는데요. 바로 **'337 호흡명상'**입니다.

337 호흡명상이란 '3초 들숨, 3초 정지, 7초 날숨'을 3분 동

안 반복하는 명상인데요. 구체적인 방법은 다음과 같습니다.

1. 눈을 감고 흔들리는 촛불을 상상한다.
2. 촛불에 초점을 맞춘다.
3. 3초를 세면서 숨을 들이마신다.
4. 3초를 세면서 숨을 참는다.
5. 7초를 세면서 숨을 내쉰다.
6. 1~5번을 3분 동안 '천천히' 반복한다.

명상을 하고 나면 쪽잠을 잔 것만 같습니다. 마음이 차분해집니다. 머리가 맑아집니다. 이 상태에서 책을 읽기 시작하면 스펀지가 물을 흡수하듯이 내용을 받아들이게 됩니다.

"저는 세 가지 방법으로 독서를 합니다"

저는 늘 점심시간에 독서합니다. 여느 때와 같이 책을 읽고 있는데 한 학생이 이렇게 묻더라고요. "쌤은 왜 맨날 책만 읽으세요?" 이 물음에 "할 게 없어서 읽는 거야."라고 대답했습니다. 그랬더니 "쌤도 국어 쌤처럼 책 읽는 방법이 있으세요?"라는 재밌는 질문을 했습니다. 그래서 나름의 **'독서법'**

세 가지를 간단하게 알려 줬습니다.

저의 독서법을 한마디로 정리하면 이렇습니다.

'낚아채라, 끄적여라, 섞어라.'

이에 대한 구체적인 방법은 아래와 같습니다.

첫째, 낚아채라

책을 읽다 보면 뼈 때리는 문장이 많습니다. 가슴을 울리거나 설레게 하는 '한 줄'을 만날 때가 있습니다. 저는 이러한 글들을 놓치지 않습니다. 굶주린 하이에나처럼 낚아챕니다. 낚은 문장들은 나만의 공간인 노션이나 X(구 트위터), 스레드 등에 적어 놓습니다.

지옥으로 가는 길은 부사로 덮여 있다.		
◉ 상태	미작성	
✓ 출처	스티븐 킹의 《유혹하는 글쓰기》	

physical_education_tr ⊚ 2024-08-25

우리의 삶은 위험을 감수해야만 그만큼 얻을 수 있다.

<책을 읽는 사람만이 손에 넣는 것>

 physical education tr ✔
@lllee94

"3가지 질문에 자신 있게 대답할 수 있다면 은퇴해도 좋다."

첫째, 시간을 어떻게 보낼 것인가?
둘째, 어떤 사회 집단과 교류할 것인가?
셋째, 궁극적인 삶의 목적은 무엇인가?

- 닉 매기울리의 《저스트 킵 바잉》

낚아채는 과정은 이렇습니다.

1. 밑줄을 긋는다.

2. 별표를 친다.

3. 페이지를 강아지 귀처럼 접는다.

4. SNS에 적는다.

5. 1~4번을 무한 반복한다.

문장들을 적어 놓는 이유는 글쓰기 '재료'가 되기 때문입니다. 그리고 삶의 지침으로 활용하기 위해서죠.

둘째, 끄적여라

독서는 재밌는 생각을 하게 합니다. 읽고 있는 내용과 관련이 있거나 관련이 없는 생각을 '갑자기' 하게 만듭니다. '문득' 특정 생각을 떠올리게 합니다. 즉 풍부한 생각들이 솟구치는 것이죠. 저는 이렇게 갑자기 떠오른 생각들을 귀하게 여기는데요. 무의식에서 올려 보낸 생각들이기 때문입니다. 따라서 여백에 이 귀한 생각들을 끄적여 놓습니다.

성장도 복리가 됩니다

셋째, 섞어라

'낡은 문장'과 '여백에 끄적인 나의 생각', '나의 스토리'를 섞어 보는 겁니다. 한마디로 **글 한 편을 작성**하는 겁니다. **가치**를 만들어 내는 것이죠.

단순히 책을 읽기만 하는 것은 가치를 '소비'하는 것입니다. 저자의 생각에 나의 스토리를 엮어 글 한 편을 작성하는 것은 가치를 '생산'하는 것입니다.

즉 **생산자 마인드**로 독서하는 것이죠.

교훈 독서법

가끔 활용하는 독서법이 있습니다. **'느낀 점 독서법'** 또는 **'교훈 독서법'**입니다. 이는 책을 읽으면서 또는 완독한 후에 느낀 점 10~15가지를 적고 '교훈'으로 바꾸는 방법입니다. 예를 들어 '협상은 너무 중요한 것 같다.'라고 느낀 점을 적었다면, '협상력을 길러라.'라는 교훈 형식으로 바꾸는 겁니다.

이 교훈 독서법의 이점은 **'배움'**이 있습니다. 책을 읽고 '삶의 지침'이 될 만한 것을 끄집어내기 때문이죠. 그리고 본인이 직접 생각하고 작성한 교훈이기 때문에 '실천 가능성'이 높습니다.

'읽고, 쓰고, 실천'은 중요합니다. '온몸으로 읽기 마인드'에서 말한 것처럼, 눈으로만 읽는 독서는 '단리' 성장뿐입니다. 그러나 온몸으로 읽고 실천하는 독서는 성장을 '복리'로 일으키죠.

다음은 교훈 독서법의 예시입니다. 이는 버락 오바마 전 미국 대통령의 회고록인 『**약속의 땅**』을 읽고, 블로그에 적어 놓았던 15가지 교훈입니다.

1. 뭐든지 오랜 시간이 걸릴 뿐 반드시 이루어진다.
2. 특별한 삶을 선택한 순간 평범한 삶은 사라진다.
3. 내가 특별한 삶을 원한다고 해서 가족도 그것을 원하는 건 아니다. 가족은 그 삶이 고통스럽다.
4. 내가 유명해져서 바빠지면 가족들은 외로워진다.
5. 독서는 피난처로 대피하는 것과 같다.

성장도 복리가 됩니다

6. 협상력을 길러라.

7. 한발 물러나 타협할 줄도 알아야 한다.

8. 삶은 계획대로 사는 게 아니다. 임기응변하며 사는 것이다.

9. 현명한 사람 옆엔, 언제나 현명한 수행원들이 있다.

10. 모든 사람의 지지를 받을 수 없다.

11. 나를 지지하지 않는 사람들과 더불어 살아가야 한다.

12. 사람들은 옳고 그름에 반응하지 않는다. 이득과 손실에 반응한다.

13. 도덕적 해이를 과소평가하지 마라.

14. 사람들은 근시안적이다. 먼 미래에 더 큰 이득을 약속하는 정책은 인기가 없다.

15. 좋은 일이 생긴 후엔, 안 좋은 일이 예상치 못한 날에 터진다.

영화를 다시 보듯, 책도 다시 읽습니다

저에겐 좋은 습관 두 가지가 있습니다. 첫 번째는 많은 책을 읽는 습관입니다. 두 번째는 많은 책을 **'다시' 읽는 습관**입니다. 누군가 "어떤 습관이 더 좋은가요?"라고 묻는다면, "많은 책을 다시 읽는 습관이 더 좋습니다."라고 대답할 겁니다.

책을 한 번만 읽고 마는 '일회독' 독서는 참 '아까운' 독서입니다. 내용이 버려지고 잊히기 때문입니다. 따라서 똑같은 영화를 다시 보듯, 똑같은 책을 다시 읽는 **다회독' 독서**가 중요합니다. 최소 '세 번' 정독하는 것이 좋습니다. 그 이유는 다음과 같은 일곱 가지 효과가 있기 때문이죠.

1. 리마인드 효과가 있다.
2. 이해되지 않았던 내용들이 이해가 된다.
3. 전후 맥락들의 관계를 파악하게 된다.
4. 3번으로 인해 나무에서 숲을 보는 시각이 생긴다.
5. 새롭게 와닿는 문장들을 만나게 된다.
6. 이론적이라고 느껴졌던 지혜들이 실천 가능한 지혜로 받아들여진다.
7. 반복적인 인풋과 아웃풋으로 영속적인 지혜가 된다.

나태주 시인은 『풀꽃』에서 "자세히 보아야… 오래 보아야 사랑스럽다. 너도 그렇다."라고 말했습니다.

저는 이를 이렇게 변주하고 싶습니다.

성장도 복리가 됩니다

자세히 보아야 담긴다

오래 보아야 깨닫는다

책이 그렇다.

독서의 시작과 끝은 '서문 읽기'다

X에서 많은 관심을 받았던 트윗이 있습니다. 바로 **'서문 읽기'** 독서 방법입니다. 조회수가 무려 58만 회에 달하더라고요.

저는 서문을 활용한 독서 방법을 좋아하는데요. 작가가 마지막으로 공들여 작성한 부분이기 때문입니다. 따라서 서문에는 **책의 전체적인 그림과 방향**이 친절하게 제시되어 있습니다(그렇지 않은 책도 있습니다). 이러한 서문을 적극적으로 활용하는 것이 좋죠.

서문 읽기 방법은 **'회독 전'**과 **'회독 후'**로 나뉩니다.

회독 전

1. 본격적인 회독에 앞서 서문을 천천히 읽는다.

2. **'어떤 내용이 펼쳐지는지' 예습**한다.

3. 서문과 함께 **'목차'**도 꼼꼼히 읽는다.

회독 후

1. 회독이 끝나면 다시 서문으로 돌아온다.

2. 서문을 한 번 더 천천히 읽는다.

3. **'어떤 내용이 펼쳐졌었는지' 복습**한다.

4. **'목차'**도 한 번 더 꼼꼼히 읽는다.

서문을 활용한 독서법은 세 가지 효과가 있습니다.

1. 각 장의 내용들을 리마인드할 수 있다.

2. 책에 대한 총정리가 된다.

3. 나무보다는 숲을 이해하게 된다.

성장도 복리가 됩니다

초반에 읽는 서문은, 머릿속에 책의 밑그림을 그리는 작업입니다. 마지막에 읽는 서문은, 그 밑그림에 색을 칠하고 음미하는 마무리 작업입니다.

서문은 '건너뛰는' 페이지가 아닙니다. 반드시 '딛고 뛰는' 페이지입니다.

나를 복리 성장으로 이끈
세 번째 책

책 제목: 『책을 읽는 사람만이 손에 넣는 것』

저자: 후지하라 가즈히로

만약 친구가 "책 왜 읽어? 시간 낭비 아니야?"라고 묻는다면 **책을 읽는 사람만이 손에 넣는 것**을 건네줄 것입니다. 그러고 이렇게 말할 겁니다.

"이 책 한번 읽어 봐. '책 읽기는 시간 낭비다 라고 말했던 그 시간이 낭비였구나.'라는 것을 깨달을 거야."

후지하라 가즈히로는 책의 서문에서 이런 예측을 합니다.

"나는 앞으로 … '계급사회'가 아니라 … '계층 사회'가 생겨날 것으로 보고 있다."

그 계층은 독서 습관이 있는 사람과 없는 사람이라고 합니다.

정말 공감되는 예측입니다. '앞으로 책 읽는 사람은 극소수다.'라는 생각을 하고 있거든요. '독서 빈부격차'가 일어날 것으로 보고 있는 겁니다. 릴스나 쇼츠 등의 짧은 영상이 도파민을 자극하는 세상이기 때문입니다.

책을 읽는 사람만이 손에 넣는 것을 읽고 얻을 것은 딱 한 가지입니다.

독서 '빈자'로서 격차가 벌어지는 것이 아닌, 독서 '부자'로서 격차를 벌려놓는 지혜를 얻을 것입니다.

"··· 책 많이 읽어라.
그리고 전역하고 학교로 돌아가서 학생들 책 많이 읽혀라.
그래야 나중에 어른다운 어른이 되니까."

- 본문 중에서

감각의 교차편집 – 『창조적 시선』

책상 위에 두꺼운 책 한 권

저는 용산 국방부에서 군 복무를 했습니다. 장군님을 안전하게 모시는 운전병이었습니다. 사실 운전뿐만 아니라 다양한 일들도 했는데요. 행정지원관과 오찬 준비를 하거나 집무실에 필요한 물품들을 구매하는 일도 했습니다. 그리고 장군님이 집무실을 잠시 비울 땐 청소도 했습니다.

어느 날 청소를 하기 위해 집무실에 들어갔습니다. 들어가자마자 눈에 띈 것은 **책상 위의 두꺼운 책 한 권**이었습니다. 순간 '헉!' 했습니다. 장군님이 독서를 사랑한다는 것은 알고 있었지만, 저렇게 두꺼운 책도 읽을 줄은 몰랐습니다.

그날 책상에 올려져 있던 벽돌책은 김정운 교수의 『**창조적 시선**』입니다. 책상에 있는 먼지들을 털어 내기 위해 조심스

성장도 복리가 됩니다

럽게 책을 들어 올렸습니다. 정말 무겁더라고요. 한 손으로는 들고 있기 힘들어 옆구리에 끼고 청소를 했습니다.

청소를 마치고 집무실에서 나오는 순간 '와, 나도 저런 책 한번 읽어 볼까?'라는 생각이 들었습니다. 그래서 주말 외출 때 용산역에 있는 서점으로 갔습니다. 장군님이 읽고 있던 『창조적 시선』을 구매했습니다. 그리고 무섭게 읽어 나갔습니다.

며칠 뒤, 장군님이 저를 집무실로 초대했습니다. 전역이 한 달밖에 안 남아 같이 점심 식사를 하기 위함이었습니다.

식사를 하면서 "장군님, 저도 『창조적 시선』을 읽고 있습니다. … '감각의 교차편집'(나를 복리 성장으로 이끈 네 번째 책 참고)이라는 개념이 참 유익합니다."라고 이야기를 꺼냈습니다. 그랬더니 장군님이 평생 잊지 못할 말을 새겨 주었습니다.

"오, 그래? 잘했다. 그 책 재밌지? … 책 많이 읽어라. 그리고 전역하고 학교로 돌아가서 학생들 책 많이 읽혀라. **그래야 나중에 어른다운 어른이 되니까."**

'어른다운 어른이 되는 방법은 독서다.'

가슴에 새기고 늘 떠올리는, 한 문장이 됐습니다.

벽돌책을 읽어야 하는 세 가지 이유

군복무 이후 벽돌책 읽기가 생활화됐습니다. 드문드문 두꺼운 책을 읽던 습관이 '다섯 권 중에 한 권은 벽돌책을 읽는' 습관으로 바뀌었습니다.

벽돌책의 기준은 사람마다 다릅니다. 400페이지가 될 수도 있고 600페이지가 될 수도 있습니다. 저는 그 사이인 500페이지를 기준으로 두고 있습니다. 이유는 손으로 책을 잡았을 때 500페이지부터 '오? 두껍네?'라는 생각이 들기 때문입니다.

두꺼운 책을 읽으면서 **'벽돌책을 읽어야 하는 이유'**를 생각해 봤습니다. 세 가지로 정리가 되더라고요. 그 세 가지는 아

성장도 복리가 됩니다

래와 같습니다.

첫째, 지식이 깊어지고 넓어집니다.

500페이지가 넘는 책들은 풍부한 근거와 사례가 넘칩니다. 몇 년 내지는 몇십 년 동안 연구가 이뤄졌기 때문입니다.

1028페이지나 되는 김정운 교수의 『**창조적 시선**』은 10년 간의 연구 끝에 나온 결과물입니다. 따라서 다양하고 엄청난 내용들이 지면에서 춤을 추고 있습니다. 1408페이지를 자랑하는 스티븐 핑커의 『**우리 본성의 선한 천사**』도 마찬가지죠.

풍부한 근거와 사례는 특정 지식을 더 깊게 이해하도록 도와줍니다. 그리고 그 지식은 다른 영역으로 더 쉽게 뻗치는 '전이성'을 갖게 됩니다.

둘째, 독서지구력이 강화됩니다.

두툼한 책을 한 달 이상 읽고 있다 보면 많은 생각이 듭니다. '나 이거 왜 읽고 있지?', '그만 읽을까?', '대충 읽을까?' 등등. 포기하게 만드는 오만가지 생각이 떠오릅니다. 그때

끈기와 인내심을 발휘해 완독하게 되면, 다른 책을 읽을 때도 포기하지 않고 끝까지 읽게 됩니다. **'독서지구력'**이 강화됐기 때문이죠.

셋째, 독서에 대한 자신감이 생깁니다.

높은 산을 등반한 산악인은 더 높거나 다양한 산을 찾습니다. 자신감이 있기 때문이죠. 이처럼 벽돌책을 등반한 독서인은 더 다양한 지식을 담고 있는 책에 눈을 돌립니다. 그동안 관심을 두지 않았던 지식에 도전하는 것이죠. 자신감이 있기 때문입니다. 따라서 독서에 대한 자신감이 더 다양하고 폭넓은 지식을 갖게 합니다.

몰입하면서 읽은 벽돌책 스무 권

몰입하면서 '지혜의 쓰나미'를 경험했던 스무 권의 책을 소개해 보도록 하겠습니다(나열된 순서는 순위를 의미하지 않습니다).

1. 유발 하라리의 『사피엔스』 - 636p
2. 유발 하라리의 『호모 데우스』 - 630p

나를 복리 성장으로 이끈
네 번째 책

$\mathbb{Q}$

책 제목: 『창조적 시선』

저자: 김정운

창조적 시선은 '꼭 읽어 봤으면 하는 벽돌책'입니다. 차원이 다른 시선을 선물하거든요.

이 책은 독일의 인류 최초의 창조 학교인 '바우하우스'에 관한 이야기입니다. 저자 김정운은 바우하우스를 10년 동안 공부했다고 합니다.

공부 계기가 참 재밌는데요. 스티브 잡스의 '애플'이 왜 삼성보다 더 뛰어나고, 특별한지 의문이 들었다고 합니다. 그래서 "스티브 잡스 혹은 애플에 관한 거의 모든 책을 들춰 봤다."고 하지만, 설득할 수 있는 이야기는 없었다고 합니다. 그런데, 한 권의 책에서 '바우하우스'를 발견합니다.

성장도 복리가 됩니다

월터 아이작슨의 『스티브 잡스』에서 말입니다. 이후 김정운은 10년 동안 바우하우스에 관한 데이터를 축적합니다. 그 데이터들을 일목요연하게 1028페이지로 정리한 책을 집필합니다. 그게 바로 『창조적 시선』입니다. 정말 다양하고 엄청난 내용들이 지면에서 춤을 추고 있습니다.

특히, 흥미로운 내용이 있습니다. '감각의 교차편집'입니다. 이는 시각과 청각 등의 감각들을 상호작용시킨다는 개념입니다. '아이폰'이 그 예인데요. 아이폰은 사용자의 촉각뿐만 아니라 시각과 청각도 자극해 즐거움을 주는 감각의 교차편집의 산물입니다.

『창조적 시선』을 읽는 데 한 달이 걸렸습니다. 한 번 더 읽었을 때는 2~3주가 소요됐습니다. 그리고 차원이 다른 시선을 선물 받았는데요. 그 시선은 바로 '창조적 시선'입니다.

"나의 공간에 평생 함께할 책이 하나둘 늘어간다는 것은
평생 함께할 벗들이 늘어가는 것이다."

- 본문 중에서

이 책들, 같이 묻어 줘 – 나의 인생 책 열 권

내가?

가끔 신기합니다. 가끔 웃기기도 하고 놀랍기도 합니다. 때로는 이상하기도 합니다. 짐 가방을 쌀 때 옷이 아닌 '무슨 책들을 들고 갈까?'라는 고민부터 합니다. 어디론가 이동할 때 '책 좀 읽게 1시간 정도 걸렸으면 좋겠다.'라고 내심 기대합니다. 그리고 밥은 제대로 안 챙겨 먹으면서 책은 아침 · 점심 · 저녁으로 챙겨 먹습니다. 디저트로 책 한두 페이지를 먹기도 하고요.

그래서 이런 제가 참 신기합니다. 책과는 담을 쌓고 살았던 놈이, 고작 읽은 책이라고는 전공책과 소설책 몇 권이었던 녀석이, 책을 삶의 중심에 두고 독서를 못하면 불안해하는 '독서가'가 되었다는 게 놀랍습니다. 혼자 책 읽고 있는 모습을 자각하면 이런 생각이 들기도 합니다. **'내가? 내가 책을**

성장도 복리가 됩니다

읽는다고?' 아마 친구들도 이렇게 말할 겁니다. **"네가? 네가 책을 읽는다고?"** 그들도 느껴지겠죠. 저의 과거와 현재의 괴리감이.

나의 인생책들

못난 과거를 버리고 독서하는 삶을 선택하면서 많은 책을 만났습니다. 그 많은 책 중, 무의식 자체를 바꿔 버리거나 몇 대 맞은 것처럼 얼얼하게 한 책들도 있습니다. 그런 책들에게 이런 꼬리표를 달아 줬습니다.

'나와 평생 함께할 인생책'

나중에 유언장을 작성한다면 이런 문구를 넣을 겁니다.

"이 책들, 같이 묻어 줘. 거기 가서도 읽게. 부탁할게."

인생책들을 짧은 코멘트와 함께 소개해 보고자 합니다. (소개 순서는 순위를 의미하지 않습니다)

첫 번째, 리처드 도킨스의 『이기적 유전자』

이 책은 버크셔 해서웨이의 부회장이었던 고 찰리 멍거 덕분에 알게된 책입니다. 찰리 멍거는 『**이기적 유전자**』를 완벽하게 이해하기 위해 2회독했다고 합니다. 저는 이 책을 군대에서 3회독을 했는데요. 리처드 도킨스의 관점이 아주 신박하더라고요. 그래서 읽고, 또 읽었습니다. 책이 너덜너덜해져 테이프로 붙여 가면서 말이죠.

『**이기적 유전자**』는 저에게 이렇게 말하는 듯했습니다.

'삶의 의미에 대해 진지하게 다시 생각해 봐!'

그래서 정말 한동안은 '삶의 의미는 뭘까?', '정말 무슨 의미가 있는 걸까?', '나는 어떤 의미를 부여하면서 살아야 하는 걸까?'라는 생각을 하면서 지냈습니다. 바로 아래의 내용 때문입니다.

"우리는 생존 기계다. … 이기적인 분자(유전자)를 보존하기 위한 … 로봇 운반자다."

『**이기적 유전자**』는 '유전자 보존 기계'로 전락하지 않기 위해선 어떻게 살아야 하는가를 사색하게 한 인생책입니다.

두 번째, 찰스 다윈의『종의 기원』

이 책에서 '자연선택'이라는 개념이 나옵니다. 자연선택이란 쉽게 말해 '주어진 환경에 적응한 개체만 살아남고 적응하지 못한 개체는 사라진다'는 개념입니다.

이 자연선택이 삶을 대하는 태도를 바꿔 놓았습니다. 현재에 안주하지 못하도록, 변화하는 트렌드에 민감하게 반응하도록 만들었습니다. 특히 AI 시대에 적응하라고 부추겼습니다. 적응하지 못하면 'AI에게 대체 당하는 인간'이 되기 때문이죠.

세 번째, 유발 하라리의『사피엔스』

이 책을 읽으면서 딱 두 가지가 강렬하게 느껴졌습니다.

'무섭다.'
'경이롭다.'

우리 사피엔스는 같은 호모속에 속했던 다양한 종들을 무자비하게 멸종시켰습니다. 그리고 현재 우리 사피엔스는 오만하게도 신이 되고자 노력하고 있습니다. 참 무서운 종이죠.

또 한편으로는, 사피엔스가 지구의 주인이 되어 가는 과정이 경이로웠습니다. 언어를 만들고, 신화를 창조하여 협력하게 하고, 과학을 발달시키는 등 사피엔스의 한계가 없는 성장에 놀라움을 감추지 못했습니다.

네 번째, 김승호 회장의 『돈의 속성』

앞서 "가난으로 가득했던 저의 생각을 부로 가득한 생각으로 개조시킨 인생책입니다."라고 소개했던 책입니다. 그리고 20대 남동생이 읽기를 바랐던 책이었죠.

『돈의 속성』을 통해 세 가지를 배웠습니다.

1. 돈의 속성.
2. 돈의 속성을 바라보는 태도.
3. 돈의 속성을 이용하는 방법.

성장도 복리가 됩니다

많은 것을 일깨워 준 『**돈의 속성**』입니다. 버릴 내용이 하나도 없는 훌륭한 책입니다.

다섯 번째, 모건 하우절의 『돈의 심리학』

『**돈의 심리학**』도 『**돈의 속성**』처럼 버릴 내용이 하나도 없는 책입니다.

마음속 깊이 새기고 있는 문장 하나가 있는데요.

"내 시간을 내 뜻대로 쓸 수 있다는 게 돈이 주는 가장 큰 배당금이다."

정말 맞는 말이죠. 돈이 주는 가장 큰 배당금은 내 시간을 내 마음대로 쓰는 것입니다. 만약 내 시간을 마음대로 쓰지 못하면 모건 하우절의 말처럼 "불운이 던지는 대로 무엇이든 수용하는 수밖에" 없습니다.

『**돈의 심리학**』을 읽을 땐, 펜을 들고 읽어야 합니다. 기가 막힌 문장들이 많기 때문이죠.

여섯 번째, 세이노의 『세이노의 가르침』

『**세이노의 가르침**』에는 뼈 때리는 문장이 많습니다. 한번 읽고 나면 얼얼합니다. 정신 차리게 됩니다.

이 책을 떠올리면, '노력'에 대한 내용이 먼저 생각납니다. 세이노는 좋아하는 것을 더 많이 하고, 더 열심히 하는 게 노력이 아니라고 합니다. 노력이란 이런 것이라고 합니다.

"당신이 이런 핑계, 저런 핑계를 대면서 하기 싫어하는 것을 더 많이 하는 것을 의미한다."

정말 얼얼하지 않나요. 저는 이 문장을 볼 때마다 부끄럽습니다. 핑계 대면서 하지 않았던 수많은 일들이 떠오르거든요. 반성하고 '진짜' 노력을 하게 만드는 문장입니다.

『**세이노의 가르침**』은 제 인생을 따끔하게 비판해 줬습니다. 정신 차리고 살 수 있게 도와준 책입니다.

일곱 번째, 제이 셰티의 『수도자처럼 생각하기』

성장도 복리가 됩니다

예전에 저의 블로그에서 「사랑하는 사람들이 꼭 읽었으면 하는 한 권의 책」이라는 글을 작성하면서 소개했던 도서입니다.

이 책을 읽고 두 가지 효과를 보고 있습니다. 첫째는 명상의 습관화입니다. 둘째는 원숭이 같은 마음(불평하고 비난하며 분노와 걱정에 휘둘리는 마음)에서 벗어나고 있습니다.

『수도자처럼 생각하기』는 훌륭한 '마음공부' 교과서입니다.

여덟 번째, 피터 아티아와 빌 기퍼드의 『질병 해방』

이 책을 읽으면서 많은 것을 느꼈습니다. 세 가지로 정리하자면 다음과 같습니다.

1. 건강에 일찍 눈을 뜨는 게 '이득'이다.
2. 건강을 챙기는 것은 '연금저축'과 같다. 이른 나이부터 신경 쓰면 어마어마한 '건강복리효과'를 누릴 수 있다.
3. 『질병 해방』에서 말한 것처럼 '운동'은 그 어떤 약물과도 비교할 수 없는 '장수 약물'이다.

이 책을 2024년 상반기에 읽었는데요. 상반기에 읽은 책들 중 최고의 책이었습니다.

아홉 번째, 로버트 그린의『인간 본성의 법칙』

이 책을 사자성어로 정리하자면 '지피지기'입니다. 즉 상대방과 자기 자신에 대해 잘 알 수 있게 한 훌륭한 벽돌책입니다.

이 책의 도움을 많이 받고 있는 곳은 학교인데요. 학생들의 행동을 보면서 "아, 저 행동은 로버트 그린이 말한 '시기심의 법칙'이 작용해 일어난 거구나."라고 생각합니다. 그러고 그 행동을 이해합니다. 이해한 것을 토대로 적절한 리액션을 취합니다.

『**인간 본성의 법칙**』은 삶에 아주 유용한 책입니다.

열 번째, 보도 섀퍼의『멘탈의 연금술』

정말 힘들었을 때『**멘탈의 연금술**』을 읽었습니다. 이 책의 한 문장을 읽고 '그래, 버티자. 뭣같아도 버텨 보자.'라고 다짐했습니다. 그 문장은 이러합니다.

성장도 복리가 됩니다

"가벼운 아령으로는 근육을 키울 수 없다. … 어려운 시련과 문제야말로 … 최고의 아령 아닌가?"

이 내용을 신규 체육 교사 시절에 읽었습니다. 그때 힘든 일이 많았는데요.(《90,000페이지를 읽고 세 가지 능력을 얻다》참고) 가벼운 아령으로는 근육을 키울 수 없다는 말이 큰 위로가 되었습니다.

아직도 위로가 필요할 때마다 『**멘탈의 연금술**』을 찾아 읽습니다. 늘 저의 편이 되어 주거든요. 이 책은 열렬히 응원해 주는 부모님 같은 존재입니다.

기억해 둘 말이 있습니다.

'나의 공간에 평생 함께할 책이 하나둘 늘어 간다는 것은, 평생 함께할 벗들이 늘어 가는 것이다.'

벗들을 늘려 가세요.
평생 풍족하고 풍요롭습니다.

"고통에 허덕였던 사람들과 책을 통해 대화해 보세요.
삶의 시각이 바뀝니다.
아픔을 성장통으로, 위기를 기회로 보게 되고요
걸림돌을 디딤돌로 보게 됩니다."

- 본문 중에서

90,000페이지를 읽고 세 가지 능력을 얻다

지금까지 300권 이상의 책을 읽었습니다. 책 한 권이 300 페이지면 **90,000페이지**를 들여다본 것입니다. 그리고 한 권 당 2만 원이면 600만 원을 '자기 투자' 한 셈입니다.

투자하는 사람들은 두 가지를 기대합니다. '시가총액'이 커 지길 바라고 많은 '배당'을 받길 바랍니다. 자기 투자는 두 가 지 기대를 충족해 가고 있습니다. 특히, 가치 있는 능력들을 배당받고 있습니다. 다시 말해, 독서가 **'어제보다 오늘 더 복 리로 성장하는 사람'**으로 만들어 주고 있습니다.

독서를 하면서 **세 가지 능력**이 계발됐는데요. 그 능력들은 다음과 같습니다.

첫째, 상대방의 말을 요약정리하는 능력입니다.

성장도 복리가 됩니다

독서는 끊임없는 숨은 그림 찾기와도 같습니다. '글자밭'에서 무슨 말을 하고자 하는지, 핵심 키워드가 무엇인지 눈에 불을 켜고 찾아야 하기 때문입니다. 단어들의 관계, 앞뒤 문장들의 연결성, 한 문단의 맥락을 파악하면서 말이죠. 이를 매일 하다 보면 **'요약정리'** 하는 힘이 생기는데요. 마치 영화 한 편 보고 '줄거리'를 뽑아내는 것처럼 내용을 압축하는 능력이 만들어집니다.

이 요긴한 능력이 빛을 발할 때가 있습니다. 바로 학생과 상담할 때입니다. 모든 학생들이 그런 것은 아니지만, 간혹 정신 차리고 듣지 않으면 어느 나라 말인지 알 수 없게 말하는 학생들이 있습니다. 이런 학생들과 상담할 때 **'요약정리 능력'**이 아주 큰 역할을 해 주는데요. 학생의 말을 '번역'해 주고 압축하여 눈앞에 띄워 줍니다. 학생에게 "선생님이 방금 네가 한 말을 이러이러하게 이해했는데 혹시 맞니?"라고 물어보면, 늘 "네, 맞아요."라는 답이 돌아옵니다.

사이토 다카시는 『**요약이 힘이다**』에서 이렇게 말했습니다.

"나는 요약력이야말로 … 무기이자 커뮤니케이션의 필수
요소라고 생각한다."

'꾸준한' 독서는 요약정리하는 능력을 선물해 줍니다. 그리
고 이 능력은 '삶의 효율'을 높여 줍니다.

둘째, 말에 힘을 싣는 능력입니다.

언젠가 SNS에서 이런 글을 본 적 있습니다. "책을 읽는 사
람과는 말싸움하지 말라." 이 글을 보는 순간 '맞아, 말싸움은
피하고 경청해야지'라는 생각이 들었습니다. 그 이유는 다음
과 같이 해석했기 때문입니다.

"책을 읽는 사람의 '주장' 뒤에는 수만 개의 '근거'가 있다.
따라서 말싸움은 피하고 배우기 위해 경청하라."

독서를 해야 하는 이유는 여러 가지가 있습니다. 문해력을
키우기 위해서, 논리력과 어휘력을 향상시키기 위해서 등등.
'잘 읽기'와 '잘 말하기'에 포커스가 맞춰져 있습니다. 그러나
저는 약간 다른 방향을 바라봅니다. 말을 **떠받쳐 주는 힘**'에

시선을 고정합니다. 그 힘은 바로 말의 **'신뢰력'**인데요. 이 신뢰력은 축적된 '근거'들에 의해 만들어지고 단단해집니다. 따라서 저는 독서를 할 때, 말에 힘을 싣기 위해 근거들을 쌓는 데 조금 더 비중을 둡니다.

이렇게 말의 신뢰력을 중요시하게 된 계기가 있습니다. 아픈 과거 때문인데요. 임용고시 면접을 준비하던 시절, 가장 많이 받은 피드백이 있습니다. "겉은 화려한데 속이 비어 있는 거 같아. 그래서 신뢰 가지 않아."라는 피드백입니다. 정말 정확한 피드백이었습니다. 스스로 말하면서도 '무슨 근거를 대려고 이런 말을 하고 있지?'라는 의문이 들었습니다. 정말 부끄러웠습니다.

부끄러웠던 기억은 사람을 각성시키더라고요. 말에 힘을 싣기 위해 책을 읽고 또 읽었습니다. 밑줄 긋고, 별표 치고, 기록하는 등 후지하라 가즈히로가 『**책을 읽는 사람만이 손에 넣는 것**』에서 말한 것처럼, 작가의 뇌 조각을 저의 뇌에 연결하기 위해 많은 노력을 했습니다.

이 노력의 결과는 말버릇에서 나타나더라고요. 간혹 이렇게 말하는 제 자신을 발견합니다. "내가 읽은 책에 의하면 ….", "나는 왠지 이렇게 생각해. … 왜냐하면 내가 읽은 ○○○이라는 책에서 이렇게 얘기했거든."

힘은 질량에 비례합니다. 질량이 크면 힘도 큽니다. 말의 힘도 마찬가지입니다. 내 안에 쌓인 책이 많을수록, 말의 힘은 커집니다.

셋째, 고통에서 회복하는 능력입니다.

고통에서 회복하는 능력, 아마 독서가 준 가장 큰 선물이 아닐까 싶습니다.

저는 쓸데없는 걱정을 머리에 이고 다니는 사람이었습니다. 그리고 그 걱정을 버틸 수 없는 무게까지 키워 결국 주저앉고 마는 사람이었습니다. 눈송이들을 뭉치고 굴려서 아주 큰 눈덩이를 만들 듯, '걱정송이'들을 뭉치고 굴려서 아주 큰 '걱정덩이'를 만들었습니다. 따라서 늘 고통이라는 바닷속에서 허우적거렸습니다. 빠져나오는 방법을 몰라 수면 위로 올

성장도 복리가 됩니다

라갔다 내려갔다만 반복했습니다. 아주 숨이 막히더라고요.

그런데, 고통 속에서 금방 죽을 것만 같던 사람이 살 수 있는 방법을 터득했습니다. 바로 독서입니다. 책에서 문제에 대한 답을 찾고, 위로와 용기를 얻고, 자존감을 세우는 등 **'고통 속에서 살아남는 방법은 독서뿐'**이라는 것을 깨달았습니다.

이 깨달음은 2021년 신규 체육 교사 시절에 주어졌습니다.

2021년은 정말 끔찍한 해입니다. 복잡하고 어지럽고 토가 쏠리는 일들이 쓰나미처럼 닥쳤습니다. 꼰대짓을 당하고, 화풀이 대상이 되어 감정쓰레기통 역할을 하고, 업무 분담이 되어있는데도 불구하고 체육과의 모든 업무를 도맡아서 했습니다. 그리고 학생의 '자해 협박'까지 있었습니다. 이렇게 좋지 않은 상황들이 매일매일 생기니 별생각이 다 들더라고요. '원래 내 성격대로 꼰대짓에 맞설까?', '한번 뒤집어엎을까?', '학교가 원래 이런 곳인가? 그냥 교사 때려치울까?', '그냥 확 죽어 버릴까?' 등등. 부정적인 생각만 거듭했습니다.

어느 날이었을까요. 한 유튜브 채널에서 책을 추천하는 영상을 봤습니다. 거기서 보도 섀퍼의 『멘탈의 연금술』을 추천해 줬습니다. 그래서 한번 읽어 봤는데요. 쭉 읽다가 곱씹게 되는 문장을 만났습니다.

" … 어려운 시련과 문제야말로 근육을 키울 수 있는 최고의 아령 아닌가?"

이 부분을 읽고 이런 생각이 들었습니다.

'아, 내가 엄청 나약한 생각을 했구나.'
'그래, 닥치고 한번 버텨 보자.'

『멘탈의 연금술』이 좋은 계기가 됐습니다. 이 책을 통해 멘탈을 잡은 이후부터 고통을 독서로 이겨 냅니다. 넘어지면 일어나고, 또 넘어지면 다시 일어납니다. 회복하는 능력을 얻은 것이죠. 내면이 단단해진 것입니다.

고통에 허덕였던 사람들과 책을 통해 대화해 보세요. 삶의

성장도 복리가 됩니다

시각이 바뀝니다. 아픔을 성장통으로, 위기를 기회로 보게
되고요. 걸림돌을 디딤돌로 보게 됩니다.

단단한 내면을 위한 다섯 권의 책

1. 백세희 작가의 『죽고 싶지만 떡볶이는 먹고 싶어』

2. 이동용 철학자의 『삶이라는 지옥을 건너는 70가지 방법』

3. 전미경 작가의 『당신은 생각보다 강하다』

4. 김난도 교수의 『천 번을 흔들려야 어른이 된다』

5. 김종원 작가의 『원래 어른이 이렇게 힘든 건가요』

"그냥 계속 '쓴' 자와 그냥 계속 '쉰' 자는
전혀 다른 노후의 삶을 살 것이다.
정년을 맞이하고 40년을 푹 쉬거나,
40년을 윤택하게 살거나."

- 본문 중에서

3장

매일매일 꾸준함의 기적,
복리 글쓰기

"작가는 100세까지 일할 수 있는
몇 안 되는 직업입니다."

- 박근필 작가의 『나는 매일 두 번 출근합니다』

경제적 자유를 위해 시작한 작가 생활

'글쓰기 유전자'는 어디서 왔을까?

풀리지 않는 숙제가 있습니다. 고약한 성격과 뭐를 하더라도 끝까지 물고 늘어지는 버릇, 투자하고자 하는 욕구 등은 아버지를 닮았습니다. 외모와 공감력, 이타성 등은 어머니를 닮았고요. 근데 딱 한 가지, **글을 쓰는 본능**은 어떤 분을 닮았는지 모르겠습니다. 제 안에 **글을 쓰게 하는 유전자**가 있는 것 같은데, 이 유전자의 출처를 알 수가 없습니다.

확실하진 않지만, 이 글쓰기 유전자는 초등학교 저학년 시기에 작동하기 시작했습니다. 이때 갑자기 펜을 잡고 휘갈기는 것에 강한 집착을 보였거든요. 특히 '표어'에 대한 집착이 대단했습니다. 초등학교에서 표어 대회가 열리면 빠짐없이 참가했던 기억이 납니다. 제출했던 표어들은 늘 학교 게시판에 게시되었습니다.

중고등학생 때, 가장 좋아하는 시간이 있었는데요. 바로 '훈련일지'를 작성하는 시간입니다. 축구부 생활을 시작하고 언젠가 이런 이야기를 들었습니다. "국가대표가 되려면 일지를 작성해야 돼. 매일 훈련 내용, 잘한 점, 못한 점을 적어야 돼." 그래서 매일 적었습니다. 그림까지 그려 가면서 말이죠. 아주 '즐겁게' 노트를 채워 갔습니다.

친구들은 늘 일지를 작성할 때마다 불만을 표출했습니다. "귀찮게 이걸 왜 적어야 돼.", "아, 적기 싫어!" 저는 이런 친구들이 이해되지 않았습니다. 일지를 작성하는 시간이 놀이 시간처럼 느껴졌거든요. 마치 PC방에서 〈메이플 스토리〉나 〈피파온라인〉을 하는 것과 같았습니다.

이 출처를 알 수 없는 글쓰기 유전자는 계속 무언가를 시켰습니다. '이것도 해 봐!', '저것도 해 봐!'라고. 그래서 하다 하다 힙합으로까지 손을 뻗게 했습니다.

고3 졸업반 시기부터 대학교 졸업 때까지 '힙합광'이었습니다. 자기 자신을 자유롭게 표현하는 데 매력을 느꼈습니다.

성장도 복리가 됩니다

가사를 볼 때마다 '어떻게 이런 가사를 적을 수 있지!'라고 감탄했습니다. 그래서 직접 뛰어들었습니다. 비트를 듣고 작사를 하면서 랩을 했습니다. 거의 매일 가사를 적고 지우고를 반복했습니다.

군대 얘기를 빼놓을 수가 없는데요. 군 복무 18개월을 한마디로 정리하자면 이렇습니다.

'매일 읽고 적었다.'

18개월 동안 많은 책을 읽었습니다. 그리고 많은 글을 썼습니다. 주로 다음과 같은 글을 작성했습니다.

1. 저녁 일기
2. 책에서 발견한 울림 있는 문장
3. 경제기사 헤드라인

군대에서 글쓰기 유전자가 이렇게 외치지 않았을까 싶네요.

'아주 좋아! 아주 만족스러워!'

어느 날이었을까요. 상병 아니면 병장 때, 본격적으로 글을 쓰게 한, 두 권의 책을 읽었습니다. 팀 페리스의 『**타이탄의 도구들**』과 자청의 『**역행자**』입니다. 이 책들을 세 번 읽었는데요. 정독하고 나서 이런 결심이 섰습니다.

'그래, 제대로 한번 글을 써 보자. 글을 쓰는 작가가 되자.'

경제적 자유 길목에서

2021년에 체육 교사가 되고 머릿속에 박힌 키워드 하나가 있습니다. 바로 '**경제적 자유**'입니다. 당시에 돈과 관련된 책들을 많이 읽었는데요. 그런 책들을 읽으면서 이런 생각이 들었습니다.

'언젠가 내가 아플 수도 있고, 내 가족이 아플 수도 있는데 나는 망설이지 않고 돈을 댈 수 있을까?'

그리고 아래의 생각도 들었습니다.

'나이를 먹고 자식이나 부모한테 경제적으로 의지하면 짐 덩어리 같은 존재가 되는 것은 아닐까?'

그래서 그때부터 경제적 자유를 위해 투자하고 있습니다.

머릿속에 온통 '성공', '부자' 등으로 도배된 상태에서 2022년 2월 8일에 군 입대를 했습니다. 18개월 동안 정말 많은 책을 읽었습니다. 대충 계산해 보니 약 70권 정도 되더라고요. 돈과 자기계발 관련 서적이 절반 이상이었습니다.

경제적 자유를 위해 읽었던 책들 중, 단 두 권이 작가가 되도록 했습니다. 앞서 언급한 『**타이탄의 도구들**』과 『**역행자**』입니다.

우선 『**타이탄의 도구들**』은 팀 페리스라는 저자가 수많은 성공한 사람들을 만나면서, 그들의 '성공 도구들'을 담아 낸 책입니다.

이 책을 읽으면서 '성공한 사람들은 글을 쓰는구나. 그리고 성공하려면 글을 써야 하는구나.'라는 것을 느꼈습니다. 아래의 내용을 읽었거든요.

" … 글을 쓰는 사람이 기회를 얻게 될 것이다. … 코드 시인code poet … 미래의 주인공이 될 것이다."

『**타이탄의 도구들**』을 읽고 글쓰기의 중요성과 장래성을 깨달았습니다. 근데 한 가지 궁금증은 풀리지 않더라고요. 바로 '**어떤 글을 어디서, 어떻게 써야 하는가?**'였습니다. 이는 『**역행자**』를 읽으면서 쉽게 해결됐습니다.

처음엔 『**역행자**』를 읽지 않으려고 했습니다. 단기간에 베스트셀러 1위를 차지했기 때문입니다. 후기 글을 봐도 모두 '강추합니다!'라는 글만 있어서 의심이 됐습니다. 그래서 이 책을 읽더라도 몇 개월의 시간을 두고 읽어야겠다는 생각이 들었습니다.

그런데 이상하게 신경이 쓰이더라고요. 왠지 책을 구매해서 읽어 봐야 할 것 같은 기분이 들었습니다.

성장도 복리가 됩니다

전역을 두 달 앞둔 6월, 결국 『**역행자**』를 구매해 읽어 봤습니다. '이걸 왜 이제야 읽었지?'라는 생각이 들었습니다. 그동안 풀리지 않던 '어떤 글을 어디서, 어떻게 써야 하는가?'라는 궁금증이 풀렸거든요. 다음의 짧은 내용이 속 시원하게 해결해 줬습니다.

" … 책의 내용, 평소에 떠오른 아이디어나 잡념들을 블로그에 반드시 정리해 두어야 한다."

위의 글을 읽고 바로 블로그를 시작했습니다. 『**역행자**』에서 말한 대로 책의 내용과 아이디어 등을 작성했습니다. 2023년 6월 22일, 「60세 100억 프로젝트」라는 글을 시작으로 지금까지 꾸준히 블로그(그리고 X, 스레드)에 글을 발행하고 있습니다.

경제적 자유를 위한 길목 위에서 다섯 가지를 깨달았습니다.

1. 금융자산만 있어서는 안 된다.

2. 글쓰기를 통한 '기록자산'을 키워야 한다.

3. 글을 쓰는 작가는 정년이 없다.

4. '작가'가 적힌 명함은 유효기간이 없다.

5. '체육 교사'가 적힌 명함은 유효기간이 있다.

갑자기 이런 생각이 듭니다. 저의 출처가 불분명한 글쓰기

성장도 복리가 됩니다

유전자가 지금 이 순간을 위해 표어와 훈련일지, 가사, 일기 등을 적게 한 것은 아닌가라는 생각이 듭니다.

"쓸모없는 한 줄은 없습니다.
언젠가 쓸모 있는 한 줄이 되어
글의 '아우라'가 될 것입니다."

- 본문 중에서

주식을 사듯 글을 씁니다

고장 난 전등 밑에서

'작가가 되겠다!' 선언하고 많은 기록을 하고 있습니다.

평범한 **'체육 교사의 렌즈'**로 세상을 봤을 땐, 어제가 오늘 같고, 오늘이 내일 같은 하루처럼 보였습니다. 참 무의미하고 다람쥐 쳇바퀴 돌아가는 하루처럼 느껴졌습니다. 미국의 사상가 헨리 데이비드 소로가 이런 말을 한 적이 있는데요.

"모든 게 심드렁하고 그날이 그날 같고 궁금한 게 없으면 이미 죽은 것이다."

그렇습니다. 소로에 의하면 저는 이미 죽은 사람이었습니다.

그런데 **'작가의 렌즈'**로 세상을 보기 시작했을 땐, 크고 작은 대상들 모두에 의미가 있는 것처럼 보이더라고요. 이 의미들을 놓칠세라 얼른 카톡 '나와의 채팅방'에 들어갑니다. 방금 본 대상(또는 장면)과 의미들을 키워드로 적어 놓기 위함입니다. '언젠가는 글쓰기 소재로 써먹을 수 있겠지.'라고 생각하면서.

정말 글을 쓰는 사람이 되고 모든 걸 유심히 관찰하는 습관이 생겼습니다. 그리고 낙관주의자가 됐습니다. 저는 원래 굉장히 비관적인 사람이었는데요. 작가가 되고 나서는 불행이 찾아와도 그 속에서 '긍정적인 교훈'을 찾으려는 사고가 생겼습니다. 이걸 '원영적 사고'라고 해야 할까요.

앤 라모트는 『**쓰기의 감각**』에서 작가가 되면 얻는 이점에 대해 이렇게 말했습니다.

" … 인생이 갈지자로 비틀거리거나 마구 짓밟힐 때조차 그 모든 상황이 관찰의 대상이 된다."

앤 라모트의 말처럼 모든 상황을 관찰합니다. 귀를 쫑긋

　　　　　　성장도 복리가 됩니다

세우고 모든 말에 집중합니다. 작가의 감각을 살려, 보고 들은 것들을 10분 이내에 기록합니다. 카카오톡 나와의 채팅방에 적든 교무 수첩에 적든, 얼른 잊어버리기 전에 빠르게 휘갈겨 씁니다. 중요한 글쓰기 소재니까요.

이렇게 적어 놓은 메모들과 같이 4시 30분에 퇴근을 합니다. 그 메모들을 약 12평 정도 되는 곳으로 데리고 가는데요. 그곳은 전등이 고장 나고 햇빛이 잘 들지 않는 저의 방입니다. **고장 난 전등 밑에서 무드등 하나 켜 놓고 학교에서 적은 메모들을 이리저리 보고 요리조리 살펴봅니다.** '요놈 쓸 만하구나!' 하는 것이 있으면 블로그와 X(구 트위터), 스레드에 글을 작성합니다.

어느 날 고장 난 전등 밑에서 이런 질문들이 떠올랐습니다.

나처럼 평범한 사람의 역사는 누가 기록해 주지?
나의 실수와 실패, 성장과 성공을 누가 기록해 줄까?
나중에 자식들이 '아빠는 옛날에 뭐 했어?'라고 물어보면 뭐라고 답해 줄까?

평범한 사람의 역사는 스스로 기록해야 합니다. 만약 기록해 둔 게 없다면, 나의 역사는 후대에 가서 **'없는 셈'** 칠 것입니다. 참 슬픈 일이죠.

따라서 매일 글을 적어야 합니다.
딱 한 줄만이라도.
그게 실없는 소리라 할지라도.

Just Keep Writing

"그냥, 계속, 사라." … 주식을 사고 … 계속 사는 게 중요했다. …
오직 계속 사는 것만이 중요하다.

위의 인용문은 닉 매기울리의 『Just Keep Buying』에서 발췌한 내용입니다. 단순한 내용이 아닌 저의 금융자산을 키우는 데 큰 영향을 미친 '가르침'입니다.

'그냥, 계속, 사라.'는 이 마법의 주문을 약간 변형해서 글쓰기에도 적용하고 있는데요. 이는 저의 **글쓰기 원칙**이기도 합니다.

바로 'Just Keep Writing'

즉 '**그냥, 계속, 써라.**'입니다.

매월 꾸준하게 주식을 사듯, 매일 꾸준하게 글을 씁니다. 학교 일이 고되어 정말 쓰기 싫은 날엔 딱 한 줄만이라도 적습니다. 그게 정말 실없는 소리라 할지라도 말입니다. '**나중에 나에게 도움 될 한 줄이야.**'라고 생각하면서 X에 글을 남깁니다. 머리를 쥐어뜯어도 글 한 줄이 나오지 않을 때, X 친구들의 글을 읽습니다. 그들의 생각을 통해 저의 생각을 끄집어내는 것이죠. 예를 들어 '알파(Alpha)', '하워드X', '글쓰는수의사 투더문' 등의 훌륭한 작가들의 글을 읽고 내 생각 한 줄을 적는 것입니다.

닉 매기울리가 "주식을 사고 … 계속 사는 게 중요하다."라고 말한 것처럼, 제가 글을 쓰고, 또 쓰고, 계속 쓰려고 하는 중요한 이유가 있습니다. 그 이유들은 다음과 같습니다.

첫째, 과거의 글이 현재에 강한 힘을 줍니다.

앞서 글을 쓴다는 것은 자신의 역사를 기록해 두는 고귀한 행위라고 했습니다. 그 기록들에는 크고 작은 실수와 성공들이 담겨 있을 겁니다. 저는 그 실수와 성공들이 담긴 과거 기록들을 보며 **'내가 지금 얼마나 성장했는지', '과거의 나는 고통 속에서 어떻게 버텨 냈는지'** 등을 배웁니다.

보도 섀퍼는 『**멘탈의 연금술**』에서 이런 말을 했습니다.

"힘겨운 날들에 일어난 일들을 기록하라. 살아갈 용기와 힘을 선물받을 것이다."

둘째, 뜻밖의 글이 작성됩니다.

이런 경험을 할 때가 많습니다. A라는 재료를 가지고 글을 쓰고 있으면, 예전에 적어 두었던 B와 C라는 재료가 생각납니다. '한번 곁들여서 적어 볼까?' 하면서 글을 완성해 나가면 뜻밖의 결과물이 탄생합니다. 마치 라면 기본 레시피에 떡과 만두를 넣었더니 예상치 못한 '맛있음'이 느껴지는 것과 같죠.

강원국 작가는 『**강원국의 글쓰기**』에서 이렇게 말했습니다.

"써 둔 글에는 이자도 붙는다. … 서로 관련이 없는 것이 부딪쳐서 새로운 것을 만들어 낸다."

쓸모없는 한 줄은 없습니다. 언젠가 쓸모 있는 한 줄이 되어 글의 '**아우라**'가 될 것입니다.

그래서 '그냥, 계속, 써야' 합니다.

셋째, 퍼스널 브랜딩을 할 수 있습니다.
조한솔 작가는 『**내 생각과 관점을 수익화하는 퍼스널 브랜딩**』에서 퍼스널 브랜딩을 다음과 같이 정의합니다.

"자신만의 색채를 강조하여 남과는 다른 차별화 포인트를 만드는 과정…."

자신만의 색채는 '**자신만이 할 수 있는 이야기**'입니다. 즉 나만의 이야기가 경쟁력입니다. 차별화입니다. '고유성'이 있으니까요.

나의 이야기를 사람들에게 각인시키려면 '노출' 빈도가 높아야 합니다. 이를 '단순노출효과'라고 하는데요. 작가 존 리비에 의하면 우리는 "무언가에 더 많이 노출될수록 그것을 더 좋아하게 … 느끼도록 프로그램되어 있다."라고 합니다.

따라서 매일 글을 '그냥, 계속, 써야' 합니다. 가랑비에 옷 젖듯 상대방 마음속은 '나'로 브랜딩되어 있을 겁니다. 나를 더 좋아하고 신뢰하며 편안하게 느끼는 고객이 되어 있을 겁니다.

가끔 조심스럽게 이런 생각을 하곤 합니다.

"그냥 계속 '쓴' 자와 그냥 계속 '쉰' 자는 전혀 다른 노후의 삶을 살 것이다. 정년을 맞이하고 40년을 푹 쉬거나, 40년을 윤택하게 살거나."

'쓴'과 '쉰'은 비슷해 보이는 글자이지만, 비슷하지 않은 미래를 만들 것입니다.

성장도 복리가 됩니다

그냥 계속 쓴 사람은 '작가'가 적힌 명함을 받을 것입니다. 그것도 '유효기간' 없는 명함을 말입니다. 자신의 쓸모를 죽기 직전까지 어필할 수 있는 특권을 얻는 셈이죠. 그런 특권을 누릴 수 있는 명함이 그냥 계속 쓴 사람의 미래에 주어질 것입니다.

"'품질 1등급'이 찍힌 글을 쓰기 위해
'꾸준함 1등급'부터 되어야 합니다."

- 본문 중에서

특이한 체육 교사의 복리 글쓰기

이상하게도 그런 날이 있어요

그런 날이 있습니다. 책상 앞에 앉아 노트북을 켜고 키보드 위에 손을 올리자마자 글이 술술 써지는 날이 있습니다. 마치 빗물이 멈출 줄 모르고 벽을 타고 내려오듯이 말입니다. 그런 날엔 '오늘은 중력을 무시할게!' 하면서 하얀 원고지 위를 날아다닙니다. 도대체 어떻게 날아다녔는지 글 한 편이 '뚝딱' 만들어집니다.

근데 이상하게 이런 날도 있어요. 몇 시간 동안 머리를 굴려도 첫 줄도 못 적는 날. '뇌가 돌처럼 굳었나?'라는 생각이 드는 날. 깜빡거리는 커서를 보면서 '쟤는 뭘까?'라고 물어보는 날. **꿀 먹은 벙어리가 된 듯이 단 한마디도 못 적어 내는 날**이 있습니다. 그럴 땐 X 친구들의 글을 보며 겨우겨우 한 문장을 완성합니다.

어느 날이었을까요. 글이 지독하게도 안 써지는 날이 있었습니다. 분노가 차오르더라고요. 안 되겠다 싶어 명상을 했습니다. 명상을 하면서 물어봤습니다. "뭐가 문제일까?" 묵묵부답이어서 다시 물어봤습니다. "뭐가 문제일까?" 그랬더니 **"조급한 것 같아."**라고 대답해 주더라고요.

맞습니다. 저는 늘 조급했습니다. 하루에 4~5개의 글을 올리는 저들을 보며 '나도 저렇게 해야 돼! 아니, 그 이상을 해야 돼!'라고 채찍질했습니다. 늘 저들과 비교하며 "아이씨, 나는 오늘 글 한 개밖에 안 썼는데."라고 자책하기 일쑤였습니다. 이렇게 비교하고 조급한데 글이 써질 리가요.

특단의 조치를 내렸습니다. **'비교하지 않고 차이를 인정하기'**로 마음먹었습니다.

'그들은 그들이고 나는 나다. 차이가 있는 것은 당연하다. 차이가 있는 것에 감사하자. 그 차이 덕분에 차별화할 수 있는 것이니까.'

성장도 복리가 됩니다

참 소중한 깨달음 두 가지를 얻었습니다.

1. 글을 쓰는 일은 42.195km를 달리는 장거리 마라톤과 같다.
2. 주식처럼 장기적인 시각을 갖고 하루하루 글을 써 나가는 투자와 같다.

이 장기적인 게임에서 '오버페이스' 하지 않기로 했습니다. 괜히 앞서가는 사람 쫓아가려다 크게 다치니까요. 이 게임은 '누가 급성장하는가'가 중요한 게 아니라 **누가 오랫동안 꾸준하게 복리로 성장하는가**'가 중요하니까요.

모건 하우절은『**돈의 심리학**』에서 이런 말을 했습니다.

"부자가 되는 것보다 중요한 것은 부자로 남는 것이다. 즉, 살아남는 일이다."

이처럼 글쓰기도 '살아남는 게 중요하다'라는 생각이 들었습니다. 자신의 페이스를 유지하면서, 즉 자신의 '원칙'을 지켜 가면서 말이죠.

글쓰기 열 가지 원칙

첫째, '정직하게 적어라.'

가장 중요하게 생각하는 원칙입니다. 글에는 늘 '솔'과 '담'이 녹아 있어야 합니다. 바로 **'솔직함'**과 **'담백함'**입니다. 반대로 매초마다 걸러내야 하는 불순물이 있는데요. 그것은 **'거짓'**입니다.

쌓아 올리긴 어려운데 무너트리긴 쉬운 건물이 무엇인지 아시나요? 바로 **'신뢰'**라는 건물입니다. 이 신뢰는 약간의 거짓 불순물만 껴 있어도 와르르 무너지는 특성이 있습니다. 이를 복구하는 데는 꽤 오랜 시간이 걸리고요.

신뢰의 무너짐은 평판에 악영향을 미치는데요. 아주 긴 시간 동안 '거짓부렁이'라는 꼬리표를 달게 만듭니다.

따라서 정직하게 적어야 합니다. 정직함은 값을 매길 수 없는 최우선 덕목이니까요.

성장도 복리가 됩니다

둘째, '그냥, 계속, 써라.'

앞서 제가 그냥 계속 쓰는 이유는 세 가지(과거의 글이 현재에 강한 힘을 준다, 뜻밖의 글이 작성된다, 퍼스널 브랜딩을 할 수 있다)라고 했는데요. 여기에 한 가지를 더 추가하자면 **'질적 성장'**입니다.

질적 성장은 수많은 반복 속에서 꽃을 피웁니다. **'양'이 없는데 '질'이 있을 수는 없습니다.**

손흥민 선수는 '손흥민 존'에서 골을 성공시키기 위해 하루에 1000개 이상의 슈팅 연습을 했습니다. 그리고 모건 하우절은 베스트셀러가 된 『**돈의 심리학**』을 출간하기 전까지 4000개 이상의 글을 썼습니다.

따라서 '품질 1등급'이 찍힌 글을 쓰기 위해 '꾸준함 1등급'부터 되어야 합니다.

셋째, '힘을 빼고 적어라.'

오디션 프로그램을 시청하다 보면 이런 조언이 많이 들립니다. "힘을 빼고 노래 불러라." 그리고 저도 축구선수 시절에 '힘을 좀 빼고 패스하라'는 조언을 많이 들었습니다. 이처럼 **글도 힘을 빼고 적어야 하더라고요.** 힘을 주고 글을 쓰기 시작하면 유식한 척, 박식한 척 등의 **'척 과잉 공급'**이 발생합니다.

글을 쓸 때 힘을 주는 이유는, **잘 쓰고 싶은 욕심** 때문입니다. 강원국 작가는 『**강원국의 글쓰기**』에서 "아는 것을 표현하는 데도 욕심이 개입한다."라고 말합니다. 덧붙여 이런 말을 했습니다. "이 글에서는 … 저것도 안다고 말하고 싶다. 좀 더 멋있게 표현하고 싶은 욕심이 생긴다…."

좋은 글이란 이런 것입니다.

'내가 잘 쓰고 싶어 힘을 준 글은 빼고, 남이 잘되길 바라서 남에게 힘을 주는 글은 더한 글.'

남에게 힘을 주는 글을 더합시다.

성장도 복리가 됩니다

넷째, '짧게 써라. 그리고 쉽게 써라.'

글쓰기를 처음 시작했을 때 가장 많이 들은 두 가지 조언이 있습니다. 첫 번째는 **"짧게 써라."**이고 두 번째는 **"쉽게 써라."**입니다.

글을 잘 쓰는 작가들의 글을 읽어 보면 문장의 효율이 굉장히 높습니다. 짧은 문장만으로 메시지를 전달하고, 이해시키고, 납득하게 만듭니다. 짧게 '툭툭' 적은 문장들에서 강한 임팩트가 느껴집니다. 마치 복싱선수가 주먹을 짧게 끊어 치듯이 말이죠.

또한 글을 잘 쓰는 작가들은 쉽게 씁니다. 굳이 어려운 단어를 선택하지 않습니다. 쉬운 단어를 사용합니다. 있어 보이려고 전문 용어를 남발하지 않습니다. 저는 글을 쓸 때 '우리 반 애들이 이 글을 이해할 수 있을까?'를 떠올립니다. 최대한 쉽게 쓰기 위해서죠. 중학생 눈높이에 맞는 글을 적기 위해 노력합니다. 체육뿐만 아니라 글에서도 눈높이 선생님이 돼 주는 겁니다.

다섯째, '완벽주의에서 벗어나라.'

저는 완벽한 사람이 아닙니다. 근데 완벽주의자입니다. 완벽한 사람이 아니어서 그런지 완벽주의를 따르는 게 아닌가 싶습니다.

이 완벽주의는 사람을 참 피곤하게 하는데요. 학교에서 한두 줄의 짧은 기안문이나 메시지를 작성할 때조차 여러 번 검토하게 만듭니다. 오타나 띄어쓰기에 문제가 있어 안 좋게 낙인찍힐까 봐 걱정되기 때문이죠.

글을 쓰기 시작했을 때, 이 병적인 완벽주의 때문에 힘들었습니다. '완벽하지 않은 내 글을 보고 저 사람들이 비웃으면 어떡하지?'라는 생각이 맴돌았습니다. 그래서 글 한 줄 적기가 무서웠습니다. 그런데 그때, 책에서 이런 문장을 만났습니다.

"당신이 쓴 글에 다른 사람은 그다지 관심 없다…."

이 문장은 강원국 작가가 『**강원국의 글쓰기**』에서 한 말입니다. 글쓰기에 자신감을 갖도록 한, 어머니의 따뜻한 포옹과도 같은 글입니다.

작가의 적은 완벽주의입니다. 반대로 작가의 최고의 친구는 **'만족주의'**입니다. "이 정도면 됐어. 한발 물러나 마무리 짓자!" 하는 만족주의를 '베프'로 두어야 합니다.

여섯째, '스토리에 집중하라.'

저는 봤던 영화를 다시 보고, 또 보는 것을 좋아합니다. 책도 마찬가지로 읽은 것을 다시 읽고, 또 읽는 것을 좋아합니다. 그 이유는 재밌기 때문입니다. 그 작품이 재밌는 이유는 울고 웃기는 **'스토리'**가 있기 때문이죠.

스토리의 힘은 정말 대단합니다. 특히 **'공감'**을 일으키는 스토리는 긴 여운을 남깁니다. 긴 여운은 중독과도 같은데요. 이 여운을 남긴 작가를 다시 찾게 만듭니다.

한동안 엄청난 여운을 남긴 두 명의 작가가 있습니다. **'유발 하라리'**와 블로그 친구인 **'캐나다 부자엄마'**입니다.

유발 하라리는 지루할 법한 호모 사피엔스라는 아이디어에 훌륭한 스토리를 입혔습니다. 이 스토리가 전 세계인의 마음을 흔들었습니다. 또한 저의 마음이라는 땅에 지진을 일으켰습니다.

캐나다 부자엄마도 훌륭한 스토리텔러입니다. 그녀의 블로그 글 중에 이런 글이 있습니다. 「전 재산이 420만 원이 전부였던 남자와 결혼을 하다」 이 글은 제가 그녀를 다시 찾는 충분한 이유가 됐습니다. 모든 사람이 읽어 봤으면 합니다.

모건 하우절은 『불변의 법칙』에서 이렇게 말합니다.

"뛰어난 스토리가 승리한다. … 공감을 끌어내는 스토리를 들려주는 사람이 대게 성공한다."

스토리는 말입니다. 독자의 마음에 지워지지 않는 타투를 새겨 주는 것과 같습니다.

일곱째, '적절하게 인용하라.'

작가의 삶을 살기 시작하면서 두 가지 시각으로 독서를 합니다. 첫째, '인용할 문장이 있는가?' 둘째, '이 책의 저자는 어떻게 인용하는가?'입니다. 즉 나의 글에 인용할 만한 문장을 찾으면서 '이 저자는 어떤 타이밍에 인용하는지' 배우는 겁니다. 그만큼 인용을 중요시합니다.

인용의 효과는 크게 두 가지입니다.

첫째, **글의 신뢰도를 높일 수 있습니다.** 유명한 작가나 전문가의 글이 나의 주장에 탄탄한 근거가 되기 때문입니다.

둘째, **내용의 풍부화입니다.** 밋밋한 글에 훌륭한 글을 추가함으로써 알찬 내용으로 탈바꿈할 수 있는 효과가 있습니다.

따라서 적절한 인용은 글에 '아우라'를 입힙니다.

인용을 할 때면, 방송 PD가 됩니다. 이 글을 언제 써먹을지, 어떤 자리에 배치시킬지, 어떤 타이밍에 등장시킬지 등을 고민하니까요.

여덟째, '재미가 없다면 교훈에 신경 써라.'

앞서 재미와 감동을 주는 스토리는 엄청난 힘을 가지고 있다고 했습니다. 그 힘은 긴 여운을 남긴 작가를 다시 찾게 하는 '단골 독자'로 만드는 것이라고 했고요.

이런 스토리만큼 중요한 요소가 있습니다. 바로 **'교훈'**입니다.

저는 글을 쓸 때 재미와 교훈을 담으려고 노력합니다. 그러나 쉽지 않더라고요. 재미를 잡으려 하면 교훈을 놓칩니다. 교훈을 잡으려 하면 재미를 놓치게 되고요. 이렇게 하나를 놓치게 되는 상황에서 저는 교훈의 손을 들어 줍니다.

건설적인 메시지가 독자의 삶에 한 줄기의 빛이 되어 주기 때문입니다. 더 나아가 삶 자체를 바꿔 주기도 합니다.

저의 삶은 수많은 교훈들 덕분에 리모델링됐습니다. 예를 들어 유시민 작가의 메시지를 읽고 '무지를 인정하면서 늘 배

성장도 복리가 됩니다

우는 겸손한 삶'을 살고 있습니다. 유시민 작가가 『**강원국의 인생공부**』에서 이런 말을 한 적이 있거든요.

"바보가 되지 않으려면 자신이 바보인 걸 알아야 해요…."

또한 김미경 강사의 글을 읽고 '하루하루를 황금기'로 만들고 있습니다. 『**김미경의 마흔 수업**』에서 이런 말을 했기 때문입니다.

"지금 당신이 해야 할 일은 인생 정산이 아니다. … 오늘 하루를 진정한 황금기로 만드는 것이다."

교훈은 이렇습니다. 교훈을 적는 작가에게도, 교훈을 읽는 독자에게도 위로와 용기와 희망과 꿈을 선물해 줍니다.

아홉째, '퇴고로 글을 조각하라.'
글을 쓰는 것만큼 힘든 게 퇴고입니다. 아니, 2배로 더 힘이 듭니다. 글을 쓸 때는 쭉 써 내려가기만 하면 됩니다. 그러나 퇴고는 썼던 내용을 읽고 또 읽으면서 단어 수정과 재

배치, 오탈자를 바로잡아야 합니다. '못난이'들을 색출해야 합니다.

참 웃긴 게 있는데요. 이 못난이들이 도대체 어디에 숨어 있었는지 퇴고할 때마다 보인다는 겁니다. 그래서 퇴고가 2배로 더 힘이 듭니다.

그러나 퇴고는 필수입니다. 2배나 더 힘이 드는 작업인 만큼, 2배나 더 글이 세련되게 보이도록 만들어 주기 때문입니다.

저는 퇴고를 할 때 아래의 체크리스트를 따릅니다.

1. 오탈자가 있는가?
2. 거짓 없이 정직하게 썼는가?
3. 전달하고자 하는 메시지가 잘 드러나는가?
4. 내용의 빈약함이 느껴지는 곳은 없는가?
5. 욕심 때문에 힘을 주고 쓰진 않았는가?
6. 문장을 더 줄일 수는 없는가?
7. 더 쉽게 쓸 수는 없는가?

성장도 복리가 됩니다

8. 적절한 인용인가? 맥락에서 벗어나진 않았는가?

9. 교훈이 있는가?

10. 스토리가 재밌게 느껴지는가?

열째, '잠들기 전까지 독서하라.'

예전에 아는 동생이 이렇게 물어봤습니다. "형은 책을 하루에 몇 시간 읽어요?" 그 물음에 어떻게 답해야 할지 모르겠더라고요. '겸손하게 한두 시간 읽는다고 할까? 아니면 솔직하게 잠들기 전까지 읽는다고 할까? 솔직하게 말하면 이상하게 생각하지 않을까?' 등의 내적 갈등이 일어났습니다. 결국 이렇게 대답했습니다. "잘 모르겠네. 잠들기 전까지 읽을 때도 있고 아닐 때도 있고…." 나름 겸손함과 솔직함의 균형을 잡으려고 노력한 대답이었습니다. 그 동생은 어떻게 느꼈을지 모르겠지만요.

저에겐 단순한 독서 철칙 하나가 있습니다.

'그냥, 계속, 읽어라!'

잠들기 전까지 틈나는 대로 읽겠다는 강한 신념이 반영된 철칙입니다. 이렇게 읽는 이유는 크게 세 가지입니다.

1. 내외적 복리 성장을 위해서
2. 심신 안정을 위해서

마지막은 **'깔끔하고 맛있어서 계속 찾게 되는 문장'**을 적기 위해서입니다.

글을 쓸 때마다 많은 고민을 합니다.

'어떻게 깔끔하게 쓸까?'
'지금 내가 쓴 문장이 맛있나?'
'나라면 이 문장을 다시 찾을까?'

썼다 지웠다를 반복합니다. 기억에 남을 만한 문장을 적기 위해 사투를 벌입니다. 이 사투에서 승리하기 위한 방법은 역시 딱 한 가지더라고요. 책을 **'그냥, 계속, 읽어라!'**뿐이었습니다.

성장도 복리가 됩니다

맛있는 요리를 하기 위해선 재료 공부가 필요합니다. 재료의 특성, 재료들 간의 어울림 등에 관한 지식을 알고 있어야 하죠. 좋은 문장을 적는 것도 마찬가지입니다. 재료인 단어와 어휘에 대한 공부를 해야 합니다. 많은 책을 읽으면서 단어와 어휘와 문장들의 흐름을 접해야 합니다. 그리고 직접 글을 쓰면서 공부한 문장들을 해체하고 조합해 '나만의 문장'을 만들어 보는 것도 필요합니다.

유시민 작가는 『**강원국의 인생공부**』에서 이렇게 말합니다.

"글쓰기는 … 건자재가 있어야 하는데 그게 어휘거든요. 자재를 모으려면 책을 읽는 수밖에…"

좋은 글은, 내가 독서와 얼마나 좋은 관계를 맺고 있느냐와 비례합니다. 즉 독서량이 늘어날수록 글은 훌륭해집니다.

그러니 '**Just Keep Reading!**'

나를 복리 성장으로 이끈
다섯 번째 책

$\mathcal{Q}$

책 제목: 『김미경의 마흔 수업』

저자: 김미경

『김미경의 마흔 수업』은 정말 '더럽게' 읽은 책입니다. 더러운 책이 돼 버렸습니다. 밑줄과 별표, 코멘트로 '낙서'했기 때문입니다. 그만큼 '나를 멈춰 세운 지점', 즉 문장 앞에 서서 감동하고 반성하고, 깨닫게 한 지점이 많았습니다.

뉘우치게 한, 문장 하나를 소개해 보겠습니다.

"부러우면 지는 것이 아니라 질 때까지 부러워만 하는 것이 진짜 지는 것이다."

성장도 복리가 됩니다

앞서가는 사람들을 부러워만 했던 제 자신을 반성했습니다. 그리고 여백에 이런 글을 적었습니다.

"부러운 감정을 이용하자. 발전하자. 누군가를 부러워만 하는 사람이 되지 말자. 누군가가 부러워만 하는 사람이 되자."

『김미경의 마흔 수업』은 '자기계발서'입니다. 그러나 자기계발서 이상의 책이더라고요. 사람과 인생을 바꾸는 '자기개조서'였습니다.

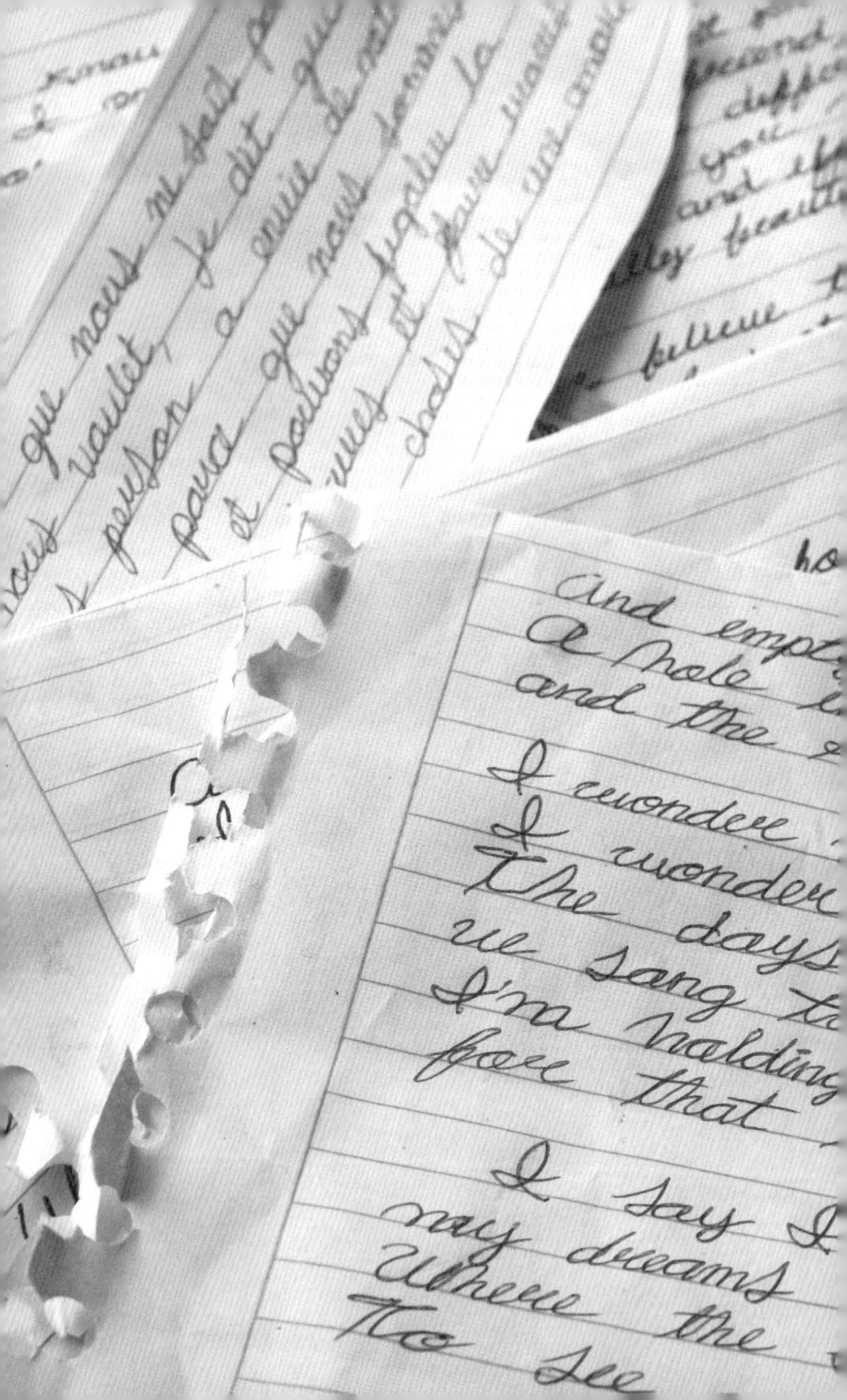

"매일 2시간을 강점 개발에 투자한 사람은 남다를 것입니다. 복리성장연금에 시간을 차곡차곡 쌓은 사람은 격조 있는 삶을 살 것입니다. 그리고 '아직도' 살아갈 4~50년을 윤택하게 보낼 것입니다."

- 본문 중에서

4층 연금 구조의 핵심, 복리성장연금

"똑같은 업무만 해야 돼. 발전이 없어."

2023년 8월 7일, 만기 전역을 했습니다. 그리고 바로 다음 날인 8월 8일에 복직을 했습니다. 군대 안에서 나름 열심히 수업과 학생들을 만날 준비를 했습니다. 어떤 수업을 할 것이고, 그 수업을 어떻게 전개할 것이며, 평가와 피드백은 어떻게 할 것인지를 구상했습니다. 그리고 학생들과 어떻게 친하게 지낼지도 생각해 봤고요. 이렇게 준비했음에도 불구하고 학교 현장에 투입되는 순간 심장이 요동쳤습니다. 식은땀이 줄줄 흘러내렸습니다. 말과 행동 모두 자연스럽지 못했습니다. 마치 로봇이 삐걱거리는 것처럼 말이죠.

그래도 빠르게 적응해 나갔습니다. 수업과 업무 측면에서만요. 군인티를 벗는 데는 오랜 시간이 걸렸습니다. 가령 교장선생님과 마주칠 때마다 '거수경례'를 할 뻔했습니다. 그리

성장도 복리가 됩니다

고 누가 이름을 호명할 때마다 "병장 이강준!"이라고 '관등성명'을 댈 뻔했습니다. 이 군인티를 벗기까지 약 4개월이 걸린 것 같네요.

제가 학교에 적응하는 데 많은 도움을 준 선생님이 있습니다. 바로 **동료 체육 선생님**입니다. 항상 먼저 말을 걸어 줬습니다. 건설적인 피드백도 많이 받았습니다. 그리고 **평생 잊지 못할 이야기**도 들려줬고요. 그 이야기가 저의 확고한 신념을 한 번 더 다져 줬습니다. 그 신념은 아래와 같습니다.

'우물 안 개구리는 멍청하다. 우물 안과 밖의 사정을 아는 개구리는 똑똑하다.'

즉, '교직'이라는 틀에 갇히면 안 된다는 겁니다. 그 틀을 깨고 다른 세상도 보고 경험해야 한다는 것이죠.

2023년 10월의 어느 날이었던 것 같아요. 동료 체육 선생님과 대화하고 있었습니다. 어떤 맥락이었는지 모르겠지만 이런 말을 해 줬습니다.

"우리는 20~30년 동안 체육 업무만 해야 돼. 똑같은 업무만 매년 하는 거야. 어떻게 보면 '발전 없이' 사는 거지."

충격이었습니다. 전혀 생각해 보지 못한 중대한 문제였습니다. 저는 늘 이렇게만 생각했거든요. "경제적 자유는 '교직 틀'을 깨고 나올 때 달성된다." 그런데 교직 틀을 깨야 하는 또 다른 이유가 생긴 겁니다. 그것도 **성장 정체**라는 대단히 큰 이유가 말입니다.

그날 밤 참 많은 생각을 했습니다. 그리고 그 생각들이 며칠 동안 이어졌습니다. 안되겠다 싶어 아래와 같이 블로그에 생각들을 하나하나 적어 봤습니다.

나를 계속 성장시키는 방법은 무엇일까?

정년퇴직 때까지 어떻게 성장할 것인가?

정년퇴직 이후에는 또 어떻게 성장할 것인가?

매일 이렇게 독서하고 공부하면서 성장할 것인가?

지금처럼 공부한 내용을 블로그에 올리며 성장할 것인가?

조금 더 진취적인 방법은 없는 것인가?

성장도 복리가 됩니다

마지막 질문에 이르렀을 때 나발 라비칸트가 『**나발의 가르침**』에서 한 말이 떠올랐습니다.

"Productize Yourself."
즉 **"너 스스로를 상품화해 봐."**

한 번 더 질문들을 이어 가 봤습니다.

나를 어떻게 상품화할 것인가?
글쓰기로 나를 상품화할 수는 없는가?
글쓰기로 나를 어떻게 상품화할 것인가?
지금의 정보 전달식 글쓰기는 가치가 있는 상품인가?
어떤 글을 써야 가치가 담긴 상품인가?

질문들의 꼬리를 물고 늘어진 끝에 간단명료한 한 줄의 생각이 적혔습니다.

'나의 이야기를 적자.'

나만 쓸 수 있는 글을 적어야겠다는 생각이 들었습니다. 그게 바로 고유한 가치가 있는 글이고 차별화된 상품이니까요.

신의 한 수

저는 주로 이런 글을 적었습니다.

1. 공부한 경제 용어
2. 내가 풀기 위한 경제 평가 문제
3. 나의 언어로 경제 기사 쓰기

단순히 정보 전달 방식의 글을 작성했습니다. 아주 가끔 저의 이야기를 적기도 했지만, 주로 글의 소재는 '누군가의 글'이었습니다.

그런데, 이 글쓰기 패턴이 바뀐 것입니다. 누군가의 글을 옮겨 쓰는 패턴에서 '나의 이야기'를 적는 방식으로 말입니다. 동료 체육 선생님의 "발전 없이 사는 거지."라는 말 한마디가 변화의 신호탄이 됐습니다.

나의 이야기를 쓰기 시작하고 두 달 뒤였던 것 같은데요. 블로그 친구이자 『**당신의 인생을 바꾸는 지름길**』의 저자 '억만장자 메신저'의 글을 읽었습니다. 「**어제 하루 만에 팔로워 263명 늘었습니다**」라는 글이었는데요. 이 글의 끝에 이런 내용이 있었습니다.

"현대 사회는 SNS를 필요 없는 미디어라고 부르죠. 하지만 그것은 소비자의 입장입니다. 생산자의 입장에서는 너무나도 좋은 미디어입니다. 나를 알릴 수 있고 더욱 영향력을 펼쳐 나갈 수 있죠. 결론은 이렇습니다. SNS를 만들자."

저는 늘 "시간 아깝게 SNS를 왜 해?"라는 말을 달고 살았습니다. 그런데 억만장자 메신저의 글을 읽고 생각이 확 바뀌었습니다.

'누군가는 나의 이야기를 필요로 할 거야. 그러니 블로그뿐만 아니라 다른 SNS도 잘 활용하자. 더 많은 사람에게 나의 이야기를 들려주자.'

그래서 X와 스레드 계정을 개설했습니다. 이 선택은 **'신의 한 수'**였습니다. **주변 사람이 바뀌는 경험**을 하게 됐기 때문이죠.

저의 공간은 이런 사람들로 채워져 있습니다.

1. 나를 응원해 주는 1만 명 이상의 팔로워
2. 나를 찾는 출판사
3. 다독가
4. 작가

전 세계에서 가장 많은 구독자 수를 보유한 유튜버 '미스터비스트'는 이렇게 말했습니다.

"그냥 이게 인생 치트키입니다. 옆 사람을 바꾸면 돼요."

저는 인생 치트키를 얻은 셈입니다.

사람을 힘들게 하는 두 가지 유형이 있습니다. '생각이 맞지 않는 사람', '상대방의 생각을 존중해 주지 않는 사람.' 이런 사람들과 이야기할 때면 모든 기가 빠져나가는 기분입니다.

예전에 이런 일이 있었는데요. 어떤 선생님이 "강준 쌤은 퇴근하고 뭐 해요?"라고 물어봤습니다. 그래서 "책 읽고 글 써요."라고 대답했습니다. 그랬더니 "아, 진짜? 글은 왜 써요?"라고 다시 물어봤습니다. 정말 궁금해하는 눈치라 아래와 같이 소신껏 답변했습니다.

"글을 쓰는 게 재밌어요. 사실, 작가란 직업을 키우고 있어요. 직업이 한 개이면 노후가 불안정하다 생각하거든요. 노후에 할 수 있는 일이 많지 않잖아요. 일자리를 구해도 단기 계약뿐이고요. 따라서 '은퇴', '정년' 없는 작가를 준비하고 있어요."

가만히 이야기를 듣더니 "노후에 왜 일하려고 그래요? 퇴직하고 나서는 그냥 노는 거예요. 그런 거 준비할 필요 없어요."라고 존중 없는 태도를 보였습니다.

사실 이런 일이 한두 번이 아닙니다. '그렇게 열심히 살 필요 없다.', '그런 걸 뭐 하러 하냐.' 등의 말을 줄곧 들어왔습니다. 그런 말을 들을 때마다 '내가 이상한 놈인가?'라는 의문이 들었습니다. 생각의 근간이 흔들렸습니다.

그런데 SNS(X, 스레드)에서 글을 쓰면서, 생각이 비슷한 작가들과 교류하니 천군만마를 얻은 기분이었습니다. 외롭게 부르는 '독창'에서 함께 조화롭게 부르는 '합창'을 하고 있다는 생각이 들었습니다.

특히 『**나는 매일 두 번 출근합니다**』의 박근필 작가(글쓰는수의사 투더문)는 저의 생각을 다음과 같이 멋지게 대변합니다.

평생 현역으로 살 수 있는 방법.
콘텐츠 생산자,
글을 쓰는 작가.

쓰는 사람이 되세요.
쓰는 삶은 누적 축적되는 복리의 삶입니다.

성장도 복리가 됩니다

이하영 원장은 『**나는 나의 스무 살을 가장 존중한다**』에서 다음과 같이 말했습니다.

"살면서 반드시 버려야 하는 사람이 있다. 나를 … 그 자리에 머물게 하는 사람들이다."

성장을 위해 플러스(+)인 사람을 곁에 두어야 합니다. 플러스에 플러스가 곱해져야 플러스가 되니까요. 나를 제자리에 묶으려는 마이너스(−)인 사람을 조심하세요. 틀에 가두려는 사람을 멀리하세요.

4층 연금 구조

우리는 슬픈 현실 속에서 살아가고 있습니다. 직업마다 차이가 있지만 일반적으로 만 60세가 되면 직장에서 나가야 합니다. 일을 더 하고 싶어도 못하게 합니다. **아직 40년이나 더 살아야 하는데 말이죠.**

이렇게 슬픈 현실 속에서 저는 더 슬픈 미래를 생각합니다.

'과연 체육 교사를 정년까지 할 수 있을까?'
'더 이른 퇴직을 하지 않을까?'

이런 생각을 하는 이유는 수만 가지입니다. 그중에서 밝힐 수 있는 이유는 **'체육 교사로서의 자신감이 없다.'**입니다.

앞서 말한 것처럼, 저는 축구선수였습니다. 선수 생활 하면서 크고 작은 부상들이 많았습니다. 그래서 발목, 무릎, 허리, 어깨가 좋지 않습니다. 특히 허리가 아주 힘들게 합니다.

이런 몸으로 수업한다는 게 참 쉽지 않더라고요. 지금이야 좀 젊기 때문에 버틸 수 있지만 10년, 20년 뒤에도 이겨 낼 수 있을지는 의문입니다.

따라서 '재난'에 대비하고 있습니다. '퇴직'이라는 재난 말입니다. 이 재난이 '기회'가 될 수 있도록 신경을 곤두세우고 있습니다.

성장도 복리가 됩니다

사실 **모든 사람이 퇴직을 염두에 두어야 합니다.** '아직도' 살아갈 40~50년을 어떻게 윤택하게 보낼지 고심해야 하죠.

'3층 연금 구조'라는 게 있는데요. 이는 퇴직 이후의 삶이 무너지지 않도록 각 층에서 '소득'을 보장해 주는 연금 구조입니다.

고용노동부가 제공한 '선진국형 3층 연금 구조의 필요성'에 따르면, 1층은 공적연금(대표적으로 국민연금)으로써 국가가 기초 생활을 보장하는 연금입니다. 2층은 퇴직연금입니다. 퇴직연금은 퇴직자가 안정적인 생활을 할 수 있도록 기업이 보장하는 연금입니다. 3층은 개인연금인데요. 이는 안정적인 생활을 넘어 여유 있는 생활을 위해 개인이 노력해야 하는 연금 구조입니다.

정리하자면, 1층은 기초 생활을, 2층은 안정적인 생활을, 3층은 여유 있는 생활을 보장하는 겁니다. 그러나 이 3층 연금 구조가 보장하지 않는 한 가지가 있습니다.

'의미 있는 생활'.

삶의 의미는 보장하지 않습니다. 우리 각자가 풀어야 할 숙제입니다. 저는 이 숙제를 '성장'으로 풀어야 한다고 봅니다. 따라서 **'4층 연금 구조'**를 떠올렸습니다.

4층 연금 구조란 국민연금과 퇴직연금 그리고 개인연금 위에 **'복리성장연금'**을 추가한 연금 구조입니다. 여기서 복리성장연금이란, **매일 2시간 이상을 '강점' 개발에 시간과 노력을 투자하는 연금**입니다. 또한 이 강점을 지속적으로 강화하여 **성장의 기회를 스스로 만드는 데 의의를 두는 연금**입니다.

복리성장연금은 정말 중요합니다. 퇴직 이후엔 성장의 기회가 많지 않기 때문입니다. 양질의 일자리가 부족하고 일자리를 구하더라도 단기적으로만 일할 수 있습니다. 자신을 '업그레이드'할 수 있는 기회들이 제한적인 것이죠. 반대로 말하면 '다운그레이드'되게 만드는 위기들은 산적하다 할 수 있습니다. 따라서 **복리성장연금을 통해 스스로 성장의 기회를 만드는 것이 중요합니다.**

성장도 복리가 됩니다

저의 복리성장연금 포트폴리오는 두 가지로 구성되어 있습니다. 바로 **'독서'**와 **'글쓰기'**입니다. 매일 2시간 이상을 읽고 쓰는 데에 투자하고 있습니다.

저의 2시간은 다음과 같이 흘러가는데요.

1. 책에서 울림을 준 문장에 밑줄 긋는다.
2. 별표를 친다.
3. X와 스레드에 기록한다.
4. 여백에 떠오른 생각을 끄적인다.
5. 블로그에 글 한 편을 작성한다.

참 단순하죠. 단순하게 읽고 쓰는 행위만 반복합니다. 보잘것없어 보입니다. 그러나 단순함이 반복되면 얘기가 다릅니다. 반복은 '축적'을 낳으니까요. 축적된 것들은 상호작용합니다. 그 결과, 단순하지 않은 삶이 펼쳐집니다.

앞서 이런 말을 한 적이 있는데요.

"그냥 계속 '쓴' 자와 그냥 계속 '쉰' 자는 전혀 다른 노후의 삶을 살 것이다. 정년을 맞이하고 40년을 푹 쉬거나, 40년을 윤택하게 살거나."

매일 2시간을 강점 개발에 투자한 사람은 남다를 것입니다. 복리성장연금에 시간을 차곡차곡 쌓은 사람은 격조 있는 삶을 살 것입니다. 그리고 '아직도' 살아갈 40~50년을 윤택하게 보낼 것입니다.

"나만 가질 수 있는 무기 하나쯤 마련해 놓는 것, 거기에서 인생의 승부가 갈리는 겁니다."
- 박웅현의 『여덟 단어』

나를 복리 성장으로 이끈
여섯 번째 책

🔍

책 제목 :『나는 나의 스무 살을 가장 존중한다』

저자 : 이하영

저자 이하영은 제가 참 좋아하는 '부자'입니다. 돈이 많아 좋아하는 것이 아닙니다. 지혜로 가득한 부자여서 좋아합니다.

이하영 원장(성형외과 원장입니다)을 한 유튜브 채널에서 처음 알게 됐습니다. 집 소개하고 인터뷰를 하는 영상이었는데요. 그 영상이 저에게 '인생 영상'이 됐습니다. 이 원장의 남다른 삶의 철학에 감탄했기 때문입니다. 50분짜리 영상에서 50분 내내 '와, 미쳤다.' 한 적은 처음입니다.

『나는 나의 스무 살을 가장 존중한다』는 '와, 미쳤다.' 하게 만들었던 이하영 원장의 삶의 철학이 담긴 책입니다. 이 책에서 「부자의 말투」를 가르쳐 주는 내용이 있는데요. 부자들은 '3감' 하고, '3불'은 하지 않는다고 합니다. 3감이란 감사하고, 감동하고, 감탄한다입니다. 3불은 불평하고, 불만을 가지며, 불안해한다는 것입니다. 이 가르침을 성실하게 따르고 있습니다. 3감은 가까이하고 3불은 멀리하고 있습니다.

건물은 튼튼한 지반 위에 세워져야 합니다. 그래야 튼튼한 건물로써 존재할 수 있습니다. 이처럼 튼튼한 나로서 존재하려면, 튼튼한 지혜 위에 세워져야 합니다. 「나는 나의 스무 살을 가장 존중한다」는 그런 내가 될 수 있도록 도와줍니다. 나아가 지혜로 가득한 부자가 되도록 가르침을 줍니다.

성장도 복리가 됩니다

"… 돈으로 살 수 없는 것도 있다. 글은 살 수 있지만 글쓰기 능력은 살 수 없다."

- 유시민 작가의 『유시민의 글쓰기 특강』

글을 쓰는 삶을 위한 다섯 권의 책

저는 참 욕심 많은 사람입니다. 무언가를 시작하면 거기서 일등이 되고 싶은 경쟁 욕구가 치솟습니다. 세상에서 제일 잘하고 싶은 마음에 끼니를 거르고 공부합니다. 그리고 밤을 새워 가며 공부한 내용을 적용해 봅니다. 임용고시생처럼 살아가는 것이죠. '이렇게 피곤하게 살아야 하나?', '도대체 누굴 닮아서 이럴까?'라고 생각해 본 적이 있습니다. 곰곰이 생각해 보니 아버지를 닮았더라고요. 아버지도 무언가를 시작하면 그것만 생각하고, 그것만 파고듭니다. 부전자전인 거죠.

글을 잘 쓰고 싶어 '글쓰기 책' 여러 권을 읽어 봤습니다. 대략 열 권 정도 되는 거 같은데요. 그중에서 가장 도움이 됐던 책들을 선별해 봤습니다(소개 순서는 순위를 의미하지 않습니다).

성장도 복리가 됩니다

첫 번째, 강원국 작가의 『강원국의 글쓰기』

'글쓰기'라는 키워드를 보면 이런 생각들이 떠오릅니다. '종이 한 면을 꽉 채우는 일', '어떤 말을 해야 할지 모르겠는 일', '시작조차 하기 힘든 일' 등등. 글쓰기는 두렵고 힘든 작업이라는 생각이 듭니다.

이러한 걱정을 잠재워 줄 수 있는 책이 바로 **『강원국의 글쓰기』**입니다. 글을 잘 쓰기 위한 마음 상태와 기본기 등을 친절하고 재밌게 가르쳐 줍니다.

두 번째, 김종원 작가의 『글은 어떻게 삶이 되는가』

글쓰기를 삶의 중심에 두었을 때, 어떠한 변화가 일어나는지 알려 주는 책입니다. 그리고 어떻게 하면 삶의 중심에 글쓰기를 둘 수 있을지도 가르쳐 줍니다.

삶의 질적 성장과 차별화하는 데 도움됐던 책입니다.

세 번째, 부아c의 『부를 끌어당기는 글쓰기』

독자의 마음을 움직이고 기억에 남는 작가가 되기 위해선 글에 이런 마음을 담으라고 합니다.

"글에 남을 위하는 마음을 담으면 오랜 기간 사람들의 기억에
남는다. 글에 다른 사람을 돕고 싶다는 마음을 담아야 한다."

글을 쓸 때 '이타성'이 얼마나 중요한지 깨닫게 한 책입니
다. '이기적 글쓰기'가 아닌 '이타적 글쓰기'를 해야 한다는 것
을 배웠습니다.

네 번째, 앤 라모트의 『쓰기의 감각』

정말 많은 것을 배운 글쓰기 교과서입니다. 초고 쓰는 방
법, 글쓰기의 적은 완벽주의다, 작가가 되기 위해선 경외심
을 갖는 법부터 배워야 한다 등등. 작가들에게 필요한 내용
을 '따끔하게' 가르쳐 줍니다.

이 책을 읽고 가슴 깊이 새긴 문장이 있는데요. 그 내용은
다음과 같습니다.

"당신이 공짜로 베풀 때, 언제나 그 이상을 보상받을 것이다."

성장도 복리가 됩니다

아름다운 작가란 이런 사람입니다.

'자신의 모든 것을 꺼내어 주는 사람'

'무조건으로 남김없이 베푸는 사람'

'바닥을 박박 긁어 한 숟가락이라도 더 떠서 주는 사람'

'Giver 마인드'를 가진 작가가 아름다운 작가입니다.

다섯 번째, 브렌든 버처드의『백만장자 메신저』

"당신이 지금까지 살아온 삶, 그리고 현재 살아가는 삶을 누군가는 듣고 싶어 한다. '메시지화'하라. 쓸모없어 보였던 당신의 이야기가 돈이 된다."

위의 글은『**백만장자 메신저**』를 읽고 얻은 '교훈'입니다.

이 책을 고속버스 안에서 읽었습니다. 그리고 고속버스 안에서 한 가지 결심을 했습니다. '나의 이야기로 책을 쓰자.' 갑자기 '의무감' 비슷한 게 느껴졌기 때문입니다.

'나의 이야기를 필요로 하는 사람이 단 한 사람뿐일지라도, 그 한 사람을 위해 책을 쓰자.'

그래서 지금 이 책을 쓴 것입니다.

“글을 쓰면 부를 얻고 사람을 얻으며 미래를 얻습니다.”

- 박근필 작가의 『나는 매일 두 번 출근합니다』

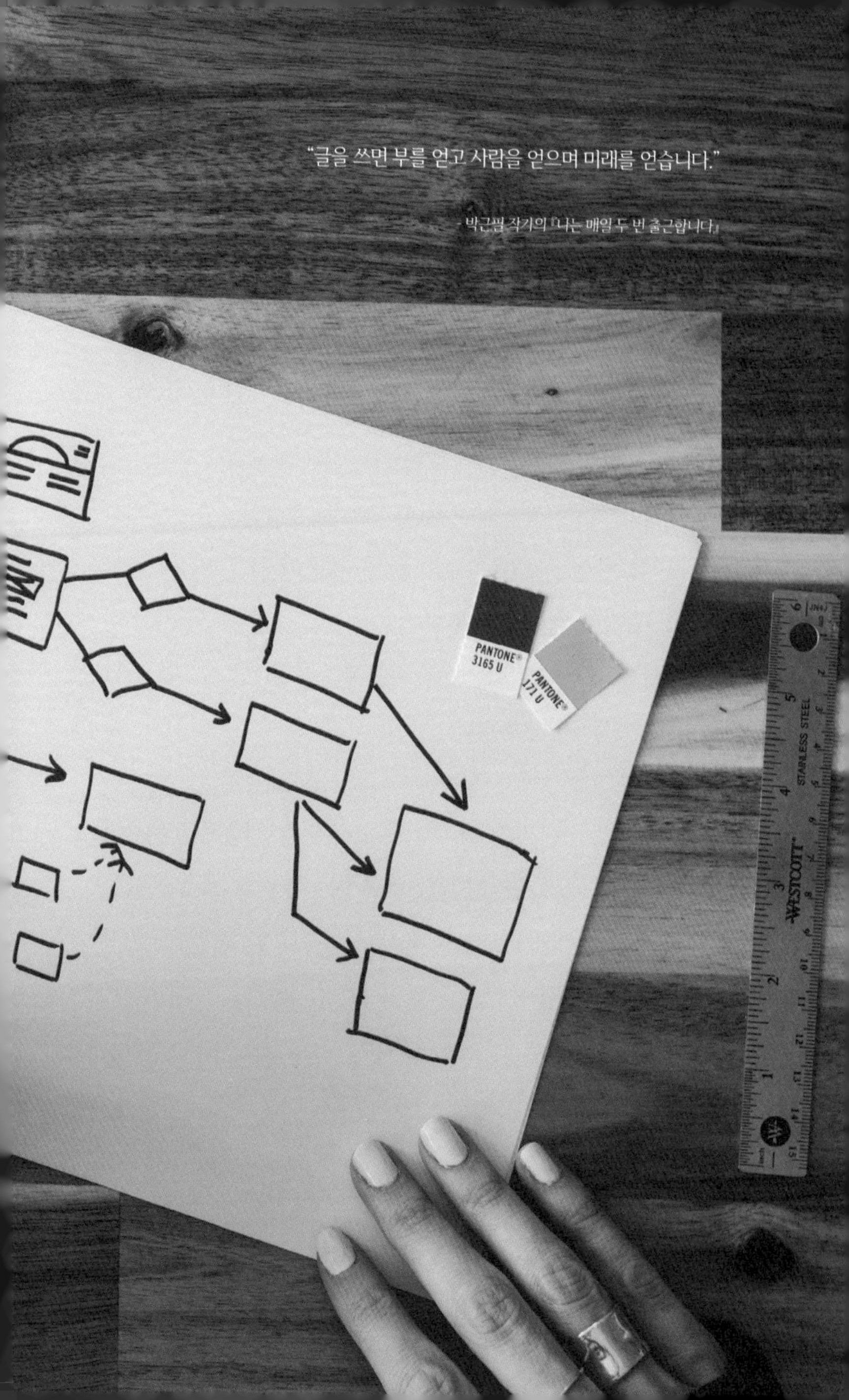

처방전이 있으면 글쓰기가 쉽다

글쓰기는 '아리송한 녀석'입니다. 어떤 작업이든 매일 꾸준하게 3개월 이상을 반복하면 익숙해진다고 합니다. 세이노는 "세 번은 질리고, 다섯 번은 하기 싫고, 일곱 번은 짜증이 나는데, 아홉 번째는 재가 잡힌다."라고 『**세이노의 가르침**』에서 말했습니다. 즉 뭐든지 반복에 반복을 거듭할수록 일의 요령이 생긴다는 겁니다.

그런데, 글쓰기는 예외인 듯합니다. 늘 새롭게 느껴집니다. 매일 써도, 자리에 앉아 글을 적으려 하면 머리에 '물음표'가 떠 있는 기분입니다. 누가 '리셋' 버튼을 눌렀는지 항상 '다시 시작'입니다.

보통 3개의 단계에서 어려움을 마주하는데요.

성장도 복리가 됩니다

첫 번째는, 무슨 글을 써야 할지 모르겠는 '준비' 단계.

두 번째는, 글의 소재가 정해졌지만 어떻게 시작해야 할지 모르겠는 '시작' 단계.

세 번째는, 글을 어떻게 마무리해야 할지 모르겠는 '마무리' 단계.

글쓰기는 모든 단계에서 '모르겠음'이 발생하는 '아리송한' 작업입니다.

따라서 저는 **'No problem'** 리스트를 활용하는데요. 이는 각 단계에서 직면한 문제를 해결해 주는 **'처방전'**입니다.

다음은 'No problem' 리스트입니다.

준비 단계: 무슨 글을 써야 할지 모르겠을 때

1. 작가들의 글(X, 스레드, 블로그)에서 영감을 얻는다.

2. 하루가 어땠는지 생각해 본다.

　감사했던 사람은 누구인가?

　무례했던 사람은 누구인가?

도전한 하루였는가?

도움을 준 하루였는가?

무언가를 배운 하루였는가?

3. 재밌게 읽었던 책의 목차를 훑어본다.

4. 책에서 인용할 만한 내용을 찾아본다.

5. 가족이나 친구에 대해 생각해 본다.

6. 현재 고민은 무엇이고, 자신에게 어떤 조언을 해 줄 수 있을 지 생각해 본다.

7. 과거에 어떤 고통을 경험했고, 이를 어떻게 극복했는지 생각해 본다. 또는 앞으로 어떻게 극복할 것인지 생각해 본다.

8. 요즘 관심사가 무엇이고, 왜 관심을 가지게 되었는지, 이를 어떻게 발전시킬 것인지 생각해 본다.

시작 단계: 어떻게 시작해야 할지 모르겠을 때

1. 질문을 던지면서 시작한다.

2. 인용문으로 시작한다.

3. 전달하고자 하는 핵심 메시지로 시작한다.

4. 이 글을 쓰는 이유나 배경으로 시작한다.

5. 본론이나 결론부터 쓴 후, 이에 맞는 시작 글을 쓴다.

마무리 단계: 어떻게 마무리해야 할지 모르겠을 때

1. 글에서 얻을 수 있는 교훈을 적으면서 마무리한다.

2. 핵심 메시지를 강조하면서 마무리한다.

3. 전체 내용을 짧게 정리해 주면서 마무리한다.

4. 인용문으로 마무리한다.

5. 질문을 던지면서 마무리한다.

나라고 못하겠어?

담지 못한 이야기 하나가 있습니다. 아래의 글을 기억하시나요?

"강준아, 임용고시 준비하자. 장례식장에서 네가 잠깐 자리를 비웠을 때, 아버님께서 네가 임용고시를 봤으면 좋겠다고 하시더라. … 어머님께서도 네가 체육 교사 되길 원하셨잖아."

사실, 여기서 더 이어지는 내용이 있습니다. 임용고시를 준비하는 데 강한 '동기부여'가 된 이야기입니다.

"그리고, '그 형'도 임용고시 준비하고 있어. 너라고 못하겠나?"

그 말을 듣는 순간, 엄청난 각성이 일어났습니다. '그 형'은 대학교 2년 선배인데요. 후배들을 괴롭히면서 남성성을 자랑하던, 제가 굉장히 싫어했던 사람입니다.

그런 선배가 임용고시에 도전한다는 이야기를 들었을 때 자신감이 차올랐습니다. 그때의 솔직한 심정을 말하자면 이렇습니다.

'걔가?'
'임용고시 별거 아닌가 보네.'
'나라고 못하겠어?'

이 이야기를 하는 이유는, 여러분도 저와 같은 마음이 들기를 바라기 때문입니다. 여러분이 『성장도 복리가 됩니다』를 읽고 **나라고 못하겠어?**라는 자신감이 솟구쳤으면 좋겠습니다. 그 자신감으로 독서와 글을 쓰는 삶에 도전했으면 합니다. 복리로 성장하여 '윤택한 노후'를 즐겼으면 합니다.

"문장에 밑줄을 그어라. 그리고 기록하라. 단순해 보이는 이 행동들을 매일 하라. 차곡차곡 쌓인 밑줄과 기록들이 전혀 단순하지 않은 삶을 선물할 것이다."

– '특이한' 체육 교사

성장도 복리가 됩니다